U0529942

# 红豆生南国

王安忆——著

人民文学出版社

图书在版编目(CIP)数据

红豆生南国/王安忆著.—北京:人民文学出版社,2017
ISBN 978-7-02-012626-2

Ⅰ.①红… Ⅱ.①王… Ⅲ.①中篇小说-小说集-中国-当代 Ⅳ.①I247.5

中国版本图书馆 CIP 数据核字(2017)第 072082 号

出 品 人　黄育海
责任编辑　甘　慧　杜　晗
装帧设计　汪佳诗

出版发行　人民文学出版社
社　　址　北京市朝内大街 166 号
邮政编码　100705
网　　址　http://www.rw-cn.com
印　　制　上海利丰雅高印刷有限公司
经　　销　全国新华书店等
字　　数　109 千字
开　　本　889×1194 毫米　1/32
印　　张　6.75
版　　次　2017 年 6 月北京第 1 版
印　　次　2017 年 9 月第 2 次印刷
书　　号　978-7-02-012626-2
定　　价　35.00 元

如有印装质量问题,请与本社图书销售中心调换。电话:010 - 65233595

目录

001
乡关处处

051
红豆生南国

129
向西,向西,向南

乡关处处

一

　　上虞往沪杭方向的长途班车破开晨曦,驶近停靠,车已半满,月娥竟还坐到凭窗的座位。向外看去,正看见自家房屋,被天光照亮,绰约有人影从门里走出,向公路过来,却只一霎,转眼不见,仿佛被草木合闭。合闭中,有一张五叔的脸,罩着怨色:走,走,走,留我一个!正月开初,就是这一句话,越说越剧,十五过后,儿子媳妇一家三口离开,则又颟顸了,直至无声。本就是个讷言的人,此时更沉闷,二人相对,她害怕又盼望动身启程,好在有年后的残局需要收拾,时间稍事热闹。将剩余的鱼肉鸡鸭腌制或者风干,量出五叔一人份的稻谷，担去电碾坊舂米，菜畦里点瓜种豆，再有春夏的衣物，一一取出摆好，免得翻找。终于到临行的前一日，与五叔一同上山，挖些新出的竹笋，带去上海。她做的钟点工，东家中有几户年头在八和十年之上，她也喜欢长做，彼此知道根底脾性，这新笋就是给他们的。

称五叔的是月娥的男人，家中总共兄弟六人，他行五。有点像越剧《祥林嫂》的贺老六，是山里的猎户。他家也真有一个老六，五叔的弟弟，就只这排末的二人有家室。婆婆是个强人，早年守寡，带六个小子，从四明山下来，参加进合作化的农业人口登记，田里收成虽薄瘠，总比没有的好。也因此，前面四个儿子都无婚配，举全家之力娶进两门，说好要给四个大伯送终。目下送走两个，还有两个。可能从小吃苦，寿都不长，拖累就有限，想起来真是可怜。走在山里，竹木蔽了天日，齐顶处，浮一层清光，光里有无数针尖，上下蹿跳。五叔的怨艾平息下来，她呢，也有了耐心，虽还是不说话，但四围的寂静将那一点气闷吸纳，就觉不着了。地下竹根盘结，一脚高一脚低的。自小走惯，脚底长眼睛，总能踩到路径。她娘家也是靠山吃山，家中人力单薄，总共两个兄弟，还死一个，拖毛竹让竹梢打了，没有创口，也不见血，人就像睡着了,还有笑意,晓得从此不必再苦,陡然轻松下来。那一年,方才十六岁。倘不是这样贫而且背运的家境,也不会跟了五叔,多少是图人家兄弟多,有阵势。她是家中最末的女儿,早知道就不生她了,所以是最叫人失望的。都说她笨,就没有读书,一字不识,更以为自己笨了。笨人往往有笨见识,在她就是生完一个儿子再不肯多生,无论养育还是做人,都让她有抵触似的,再则还有计划生育的政策呢!事实上,儿子顺利长成,读书,做工,娶妻生子,人并未受多大的辛苦。同年龄的人,大多生两个以上,卖两棵树交罚款便落上户口,她呢,既不后悔也不羡慕。这儿子至今三十多岁,从来没往山里进去一步,就也不知道自家的山林在哪一片,有意或者无意,规避着命运的覆辙。

五叔背着的手里掭一柄短把铁铲,停住脚步,蹲下身,铲头插进竹根,听得见一声脆响,起出来,就是一个笋尖,扔进她手上的竹篮。有一点记忆回来了,欣欣然,勃勃然的喜悦——包产到户,分地分林,田里是牛犁的吆喝,山上斧斫声声。眼看着林子稀了,却起来新房子,这一幢,那一幢,迎娶送嫁的鞭炮这边响,那边响。这一阵欢腾渐渐沉寂下去,次生林长起来,掩盖了房屋,村里的青壮陆续往外走,只余下老和幼。五叔这样的男人,若在上海,尚是风流倜傥,裤缝笔直，头上抹了发蜡，皮鞋锃亮，腋下夹着公文包，白日里的股市，晚上街心花园的舞场，都是他们的身影。但在乡下，完全是个老人了，外出打工少有人要。所以，这一家，就剩他一个闲人。总共一亩六分地，种和收只占一忽工夫。树林已经砍伐，次生的杂木不值钱；竹子呢，起先还有客商收购，后来货源多了，工地又流行金属脚手架，足迹便也疏淡，由着它疯长，开出花来，死一片，再生新竹，总之，自生自灭。那留下的人，正愁如何打发时间，就像说好了似的，四乡八野，共同兴起牌九和花筒。这种古老的博彩游戏，本以为绝种了，料不到又活过来，一旦上手就收不住。寄回家盖楼房的钱，送出去有十之八九。那一个旧历年，实在惨淡，眼泪和唠叨中过去半个正月。五叔看不明也道不出自己的苦衷，逼急了，就也要出去打工，托亲戚在上虞找了个保安的活计。有一日儿子去看老子，见一堆年轻保安中，夹个老的，犹显得形象枯萎，二话不说领回家，当月的工资都没结算。这一趟出门的好处是，戒断牌九的瘾头。长日漫漫，无人相伴，五叔越发木讷。好在，媳妇生了孙子，回家专司抚养。公媳单在一个屋檐下，有多种不便，就住在娘家，每月里亲家邀去，看看孙子，吃两盅黄酒。每跑一趟，离年关就近一趟，眼巴巴的，外出的人回来了,再一眨眼,又走散了。

竹林的沁甜空气里,心情舒缓下来,不那么焦虑了。月娥想到极远的终了,终了还是要回来的。上海的水真是吃不惯,一股子药味道;米也吃不惯,油性太大,一团团的——她吃惯籼米,糙和松;住行就更是艰苦,甚至危险。为要摊薄租金,越多人越好,一个亭子间可睡七八个。那种老房子,电管水管煤气管盘互交错,接无数灶眼与热水器,稍有破漏,便得酿成人命。说到交通,车水马龙,最不怕死的,数电动自行车,所以人人怕它,男的多半快递和外卖,女的,则是钟点工。然而,这样的急促紧张里,却潜在一种快乐。后面有车超她,她不让超,顶撞起来,嘈杂的机动声里,听见彼此激昂地相骂,不由惊讶自己的厉害不好惹。

二

车在公路上滑行,停靠频繁,开一回门,上来几个人。其中有约定的同行者,互相招呼,又要调座位,为了好说话。多半是女人,男人是没多少话的。难免生抱怨,乘汽车又不是做人,就算这一世在一起,下一世呢?女人们就嬉笑,还动手拉扯推搡,终于萝卜都落坑,汽车就也驶上国道,加速了。太阳这才出来,车仿佛走在金光里,意气风发。她们开始交换吃食:酱油肉、煎咸鱼、茶鸡蛋、鸡膀鸭膀,年饱还没过去,受欢迎的是几味素食:盐水煮笋、霉干菜夹馒头、碱水粽、虾皮拌榨菜……满车厢都是食物的咸香,茶水从保温瓶口晃出来,烫了手,尖声的笑和叫。男人们斜睨着,心里嫌她们猖狂,嘴上不敢吐一个字。过道那边两个学生仔样的小孩,缩起身子,流露出害怕的表情,她们偏要脸对脸喊,"阿弟阿弟",将吃食塞进阿弟嘴里。司机从后视镜里看,嘟哝一句:老牛啃嫩草!汽车上高速,山矮下去,村村落落掉在脚底。出发时的兴头过去,困倦就上来了,渐渐垂下头,抵着膝上的提包,打起盹。车厢里忽然鸦雀无声,听得见发动机的轰鸣。两车相向,喇叭叫一声,隔着玻璃窗,仿佛很远的地方。

月娥第一份生意是替同乡人顶工。同乡人说男人要她回家,东家就要她找人。这年儿子结婚,小两口一同去杭州,一个做电工,一个做保洁,她就也想出去,应下这份差事。差事在上虞城里,一个鞋厂老板的四口之家。她专司带孩子,做饭和清洁另有一个阿姨,也是上虞本地人。老板与她儿子同年,已经有两个小孩,听小孩子喊她阿姨,就觉错了辈分。明知道"阿姨"不过是个称谓,好比单位里的工种,与年纪无关。这种伦理的概念等到了上海,不知觉中就淡化下来。那里,无论老少,一律喊她的姓,姓前加个"小"字,她倒没有什么不适,被这城市崇尚年轻的风气带着走了。小老板过着一种新派生活,冬夏二季不在家里过,而是住酒店客房。不止上虞城,底下的乡镇,都有五星级酒店了。开两间套房,小夫妻一套,小孩和阿姨一套。酒店里早餐是随便吃,中午晚上两顿,由烧饭阿姨到工厂食堂灶上做了送来。酒店里有中央空调,冬暖夏凉,照理很享福,她却有点苦闷,因为不是过日子之道,像是坐监。酒店里有多家临时住户——上虞的酒店,有一半是做本地人的生意,靠外地人是吃不饱的。早餐厅、大堂、走廊、电梯,常可遇见像她这样,带着东家孩子的女人,互相看几眼,就看熟了。有那种自来熟的性格,上前搭讪,先还是淡淡的,因听东家说过生意道上的险恶,守着保姆的本分。但实在熬不过寂寞,不免多说两句,竟就收获保姆业的许多内情,从而得知这一行实是有着相当广阔的空间。这一年做完,她也辞了工,过完春节,随另一个同乡人去到上海。所以,当她和前一个同乡人,也就是她的引路人，山不转水转地，在上海遇见，彼此都不觉得意外和惊奇。

绍兴一带的人多少有些两样，乡土观念极重，抑或是出于自傲，在外面帮佣，总是自己人一处，与其他籍贯的人疏离着。保姆介绍所的地方，她们是不去的，用工只在同乡人间互相介绍。分租房屋，休息日玩耍，也只和同乡人搭伴。公园里露天舞场上，三五人聚起，看多跳少的，就是她们。这一定和上海地方的历史有关系，绍兴和扬州是保姆社会的主流，前者大约是浙商来沪上自带，如家生子，有规矩；后者却是草根，犹能吃苦。也因此，殷实富户家族常是雇佣绍兴籍人。如今，这城市保姆的需求激增，进城求职人数也激增，从业队伍输入新成分：安徽、江西、河南、湖北……同时呢，苏北一带工业发展，扬州籍的保姆日益退出，几乎销匿踪迹。人事更替，时风变革，唯绍兴一支，依然在传统中，保持着行业的名节。

初到上海，月娥也是怯怯的，如不是同乡人的帮扶，未必能熬住。这地方不知道要比上虞大和乱多少，她又不识字，认路，找地方，领东家嘱咐，都凭死记。所以，抱定一条，绝不买菜。不会记账，还吃不了猜忌的闲话，她是个老实人，唯老实才更犟性，真叫人为难。当时并不觉得，过后她常常以为自己有福气，所遇都不是恶人，相反，多受照顾。来到上海第一个雇主，如今犹记得好处。四十岁上下的女人，生相十分轩朗，依她们乡下人说法，女人男相，但又不粗气，而是大方。高额宽颐，浓密的头发编成股，盘在顶上。其时，月娥未找到其他生意，女人就说做全天；然后才有第二家，让出半天；再有第三家，再让一半里的一半；一层层对切，最后只剩一周三次，各一小时，而且是早上六点到七点，晚睡的人第一觉没醒呢。一切从月娥方便赚钱计。女人单独住一套三室两厅，在临江高层公寓房里，早上，驾一辆宝马去到大户室，落市时开回来，专职炒股。听前任保姆，一个同乡人说，房子汽车都是股市上赚来的，赔进去的却有两套房子，一个男人，半个小孩——离婚给到男方，争得一周两次探视权，所以算是半个小孩。无论从生意，还是风水，都应有起有落，三十年河东，三十年河西，但女人的运势却一直向下。眼见她大房换小房，小车换大车——公共汽车，最后只能租房，却一直用着月娥一小时的工，倒是月娥自己不好意思赚了，提出不要工钱。女人说，这算什么？你们出来是做工，不是行善，或者就不要做了，还不够脚力的。女人租房独在另一区，从月娥所做的几家地方旁插出去。月娥更不好意思，说，自小家里人都嫌她背时背德，小弟弟被竹梢头劈死也是怪她,她要离开了,股市大概就会好起来,输出去的又赢回了。女人笑起来:这是国家宏观调控的事,老天帮不上忙的。临别还给出多一个月的工钱,算作遣散费。月娥不肯要,说是我自己不做,并不是你辞我。女人定要给,几十块钱推来推去,最后说出一句:我还没落魄呢!月娥才不敢不要。后来,回来看过一次,女人已经搬走,不知道去了哪里,从此再没见面。上海的人就是海里针,手一松就没有了。月娥在这城市邂逅过许多人,形貌难免模糊,但这一个却是清晰的,因为是事业的起头。如若不是如此这般起头,接下去也许会是另一个样子。另一个什么样子,更好或者不好?她不知道。可是,对如今的境遇,却是相当满意,常有庆幸之感。幸亏,幸亏走出来,看到大世界。倘若不是这一步,少赚钱不说,还错过多少风景,岂不可惜死!

像女人这样恩厚的人,无疑是不能忘记,另有一些面孔,则是以奇异性留下较为深刻的印象。比如有一户人家,成员有父亲、母亲、女儿——她称小姐,事情至此还都正常,紧接着就开始偏离了,那就是第四个人,她私下称"女婿",除此还能称什么呢?"女婿"他时走时来,像常客又像稀客,年纪几近岳丈,她并没听见他们彼此称谓。事实上,"女婿"也不与岳家说话，只和小姐交道，而且同处一室。以常情而言，两人十分不配，方才说的年龄倒不是主要的，老夫少妻自古就有，但"女婿"的生相在月娥看来十分可憎，矮，胖，面黄无须，眉宇间有一股杀气，小姐却是新出的嫩芽似的。他们说着一种唯二人懂的语言，更可能是外国语。月娥判断"女婿"来自外国，同时，还判断出这一家人由"女婿"供吃喝，否则，怎么解释三口人均不做事，在家坐吃？就算有养老金，恐怕连房子的物业费都不够付，月娥知道这城市养老金的菲薄。这份工作在戛然间结束，没有任何预兆，发这月工资就说下月不做了，理由是小姐要出国。来不及回过神，就少去一份工。晚上，回到几个同乡人合租的阁楼，议论间，都撺掇去追索多一个月的工资。按惯例，雇佣双方，至少要提前半个月告诉，寻人或者寻工。于是，便气昂昂的。睡一觉起来，决定算了，虽说是自己的名分账，一旦开口总有乞讨的意思。她硬气地想，乡下人穷是穷，总归靠自己，不像他们，靠别人家，还是外国人！只是到下半天，本来要上班——到底是新时代，即便是传统的绍兴保姆，也将帮佣说成上班——下午上班时间，陡然清闲下来，觉得又怄气又肉痛，肉痛半天时间白白过去。她们抛家弃口，出租金住鸽棚大小的地方，不就为了赚钱？没有赚等于赔。同乡人和其他东家都答应替她找新生意，可她等不及了，自己到最近一处保姆介绍所问工。头一回进这样的地方，进去就觉得不对。门口一方地面，摆几张凳子，坐着几个女人，木鸡的表情，脚边放着行李包裹，显然刚下车船，多是未做过的，所以挑剩下来。里面还有一进，一半大小，立一张麻将桌，桌上摆开牌局。介绍所的老板娘，兼营棋牌室，在边上倒茶水，一眼看见她，迎出来，就不好再退出了。

以老板娘，这行里的明眼人看来，月娥就是利好消息。果然，立即问到一份工，驻沪的台湾人，要的正是下午到晚上。按地址找去，也是高档楼盘，经保安盘问与电话，再用门卡刷开电梯，上到高层，已经有人候在走道。一个女人，刚要称小姐，却见身后跟一小孩，叫女人"奶奶"，就收住口。奶奶领她进门，一边看房子，一边交代工作——先到附近小学校接孙子，孙子读一年级，一直仰头看她，还伸手拉她的包带，仿佛是喜欢她的；带回孙子，安顿做功课；然后打扫卫生，烧晚饭。讲解晚饭费了工夫，奶奶亲自动手教她做一种"揪片"的面食。奶奶说的是普通话，且和普通话有所不同，"揪片"这两个字就是奇怪的发音。其实类似面疙瘩，和好的面，搓成细长条，然后用手指尖掐下一片一片，和胡萝卜片、蘑菇片、山药片,牛蒡片,下在锅里,锅开盛起,加油盐醋胡椒。这一日就吃"揪片",月娥谈不上喜欢,也谈不上不喜欢,顾虑在另外的事情,洗碗时候归纳成三条。第一条,教小孩功课,她偏是不识字的,又不好意思说;第二条,奶奶说话听起来吃力,交流困难;第三是橱柜做在高处,踮脚翘首方可够及,晚饭时,儿子媳妇回来,她发现这家人,包括奶奶,身量都高。所以,样样设施,水斗、灶台、吊橱,都要高于通常尺寸。盘碗又重,尽全力托起来,送进去,失手是迟早的事。决定不做,又有不舍,因这家人不错,不把她当下人待。倒不是多么热切,恰恰相反,是平淡的,仿佛在他家已经很久,一个亲戚。她想着同乡人嘴巴里的台湾人,常是刻薄和挑剔,就觉得并非全部,也相信好人就能遇到好人。然而,方才归纳的三条又涌上心头,不由得一沉。

同乡人聒噪一夜,都是不做的意思,她就也下决心辞工。不想下一日的一件事,却阻住了。前一日熨好的一件男式衬衫,那儿子没有穿,因为袖子上压扁,成一条线。奶奶教她用小熨斗伸进袖筒,周转着熨,线就消失了。她学了本事,也听懂奶奶的话,辞工的三条理由方才少去一条,很快又增一条,那就是他们听不懂她的话,但并没有解雇的意思,于是,又挨过一日。是不是窥出她不识字，再没提教小孩功课，心事略放下些。可当日晚上，奶奶竟发来一条手机短信，所以，还是当她识字，识字这桩事可说她最痛处。再不犹豫，跑到介绍所，辞工了。过后，老板娘打来几次电话，说那家人请她再去。她克服了心软，坚决推掉。这一次短暂的应工，在介绍所留下记录，使她事业获得突破性进展，那就是她开始接到台湾人的生意，不仅工资高于本地，还领教见识和技能，就像熨衬衫这一类的。

三

长途车中午在服务站停十五分钟，众人上厕所，司机下车抽一支烟，继续路程。楼房与街道从高架底下过去，霓虹灯招牌，玻璃幕墙，几乎擦肩盖顶。城市的分布变得稠密，而且座座繁华，城和城之间，农田被沟渠道路切割成小块小块，结着霜，蒙着一点晨光，就像破了口子，显得凋敝。有人蹲在塘边，凝神看水，大约是看夜里放下的鱼篓有无收获。高速路将人和事都推远推小，变得很假，小时候过年去看社戏，临水的台子上，亮灯里面的活动，就是这样。她想不起演的什么，都是在嬉闹中度过，调皮的撑船郎用桨顶她们的船帮，左右摇晃，她们就尖起嗓子叫骂。日子其实苦得很，吃也吃不饱，和爹娘吵半年也吵不了一件新棉袄。少不更事，却也穷开心。

　　车在向上海驶近，已经看得见高楼，又绕开去，就像她们那里人说的，"看山跑死马"。车在高速路上盘旋，进去又出来，大概是她们自己不识路，又被绕迷了。时间到下午三点，天气变得燥热，空调车厢虽是密封的，风尘不得进来，但干燥生起的静电，到处都是，略一触碰便吱啦吱啦的，口鼻生烟，头发支棱着，用手扒几下，指甲就长了倒刺。都有些不耐，恨不能一步跨进门，先洗一把脸，再弄晚饭吃，明天一早就要上班。她们可都是忙人！高架上的车行聚集起来，万箭齐发的态势，显现出节后回程的高峰。太阳高悬，也无云，天色却是灰白，尾气积成的霾，浮在半空，有重量似的。车里人都醒着，又都毕静，看窗外齐驾并行的车辆。上海到了，车在楼宇间盘桓，窗格子蜂窝一般，里面都是人家。月娥她们气馁下来，在乡下迫不及待要回到的地方忽变得意趣寥然，新一年的开头，和旧一年有甚两样呢？依然是奔波在一家和一家之间，一个灶间到一个灶间。这些公寓里的灶间彼此相似，水管分饮用与非饮用；砧板分生食与熟食,拖鞋分内和外。要说区别,还是在人。她们一般喜欢年轻夫妇家庭,因日里没人在家,多一般自由,凡有老人的不免就受拘束,时时被监视着。这一点,月娥倒不尽同意,东家一日不在还好,两日、三日,就会心慌,仿佛误入无人之境,又仿佛被忘记有她这么一个人,不知道东家要她还是不要她做。空旷的公寓里,令她害怕的安静,主卧房的双人床,隐着不可示人的私密,男女主人和孩子从照片上看她,笑和不笑都有一种悚然。吸尘器的轰鸣固然驱散岑寂,但同时却心惊肉跳,马上就要闯祸的样子。她快着手脚做完,换上鞋,拎着垃圾出得门去,关门的一瞬,眼睛通过门厅、走廊,直到房间深处,马上会出来一个人,对她说:有没有搞错!心别别跳着,砰一声锁落下,转身跑了。

换一个环境,月娥又觉出无人的好处。晚上八点有一份工,是在公司做清洁。这家公司的写字间占一整层楼顶,员工下班走完,办公格子里空下来,一行行擦拭和除尘,走到外缘,就看见四面玻璃窗外的灯光。白日里黯淡的蜂眼都放出光来,将巨大的立方体通透。她不禁停下手里的活,往外看一眼。底下的街道阡陌纵横,跑着一串串的车。她站得多么高啊,简直要登天了。结束写字间的打扫,这一天的工作才算结束,就是说,她下班了。乘电梯下楼,五到一层是商场,她们从楼的背面,员工专用通道进出,这让她有点骄傲,因是这大楼的主人的身份。从车库推出电动自行车,骑上去,这时候,她就成了那阡陌里一串亮中的一个。她骑得风快,路口的红灯分明亮着,但见左右无人,一径冲过去。这城市的人与车最拿电动车无可奈何,快车道慢车道人行道都可畅通无阻,说是违法,可是法不责众,谁让他们人多呢!从灯光煌煌的大马路转向小街,进入一条背巷,放慢速度,她到家了。

做钟点工最大的难项是住处,月娥在上海不知道换过多少地方,和不同的同乡人合租。曾经有一个小区,物业联合居委,将地下室辟出来,做钟点工住处,电视台还播放过,称为惠民工程。有一个同乡人邀她去看,条件是必须本小区雇主才可入住,同时呢,租金要比她们合租更贵。她们是多么好将就的人,能多一个同住人就多一个同住人,都要挤出油了,所以自称"油条"。除了合租,陪老人同住也是办法。这城市有的是独居老人,机会还是蛮多的,问题是老人的性格,倘是乖戾的就不好相处了,而老人多半是乖戾的。她曾经在一个老太屋里住过,老太有翻她东西的习惯。她其实并没什么翻不得的东西,翻就翻吧!她将钱、存折、雇主家的钥匙，收在随身包里，睡觉则垫在枕下，倒没有过闪失。让她生怯的是另一件事，老太夜里睡不着觉，常常一个人起来，在房间里踅过来，踅过去，嘴里喃喃自语。有时立在她床前，一睁眼，魂魄都出窍了。好歹住一年，正好有同乡人回老家，空出一个床位，她就搬了出去。心里觉得挺对不住的，过后还回去看老太，老太坐在轮椅里，被一个长相凶悍的安徽保姆大声呵斥，已经不认得她了。月娥有所释然，不那么愧疚，但却觉出做人的悲凉，心情低落很长时间。

她将电动车推进灶间，走上一截楼梯，楼梯两边以及上方，堆着挂着废而不舍的杂物，中间留出一条窄道，只可供一人通行。亭子间的门开着，灯光照到楼梯口，给她留着亮。爷爷还没睡，坐在床上被窝里看电视。床对面是她睡的沙发，蹲着"爹一只娘一只"，眼睛也对着电视，仿佛看得懂。"爹一只娘一只"是月娥叫出来的名字，它通身雪白，唯耳朵一黑一白。见她进来，两位都移开视线，爷爷问外面冷不冷，那畜类也像是有话，最终没有说出来。下去烧水洗了手脚，再上来，爷爷已经睡着，"爹一只娘一只"则让出她的床铺，跳到方桌下面。她看一会儿电视，电视里有一列美女，娇笑着相亲，又像真又像假。看一会儿,操起遥控器,摁一下,屏幕黑了,遂关灯躺下,一天结束了。

爷爷的住处是同乡人让给月娥的,同乡人喜欢热闹,宁可去和人挤着。后来,爷爷信任她了,才告诉其中的隐情。这名同乡人手脚不大干净,爷爷说,时不时发现少东西,以为记性不好,直到有一次,当场看见一双皮手套装进包里,才明白自己是真少东西了。两人都没明说,爷爷是有修养的人,算清工钱,还拜托找个人替她,找的人就是月娥。听到这件事,月娥没有发表意见,她不能说同乡人坏话,也不好说爷爷看错,心里觉得有几分像。这名同乡人与月娥娘家村相邻,自小就有传说,祭祖的时候,凡她经过,都会少供品。明明看她拶着两只手,并没有裹带,可就是少了,面蒸的牛羊马,点了红胭脂的糕团,鸡膀鸭膀,最大的一项,也不知是真是假,供桌上的全鹅,眨眼不见踪迹。她的一双手也很奇,罩着烛火,叫它灭就灭,叫它旺就旺。乡下人都是有神论,热衷灵异事物,传她投胎路经奈何桥,没有喝孟婆汤,所以前世今生贯通,若不是新社会破除迷信,就可操关亡婆一类营生,专给阴阳界传消息。到了上海,人烟稠密,阳气太盛,久而久之,功夫就破了。月娥却亲身经历过她一件奇迹,那是几年前,一伙同乡人去舞场跳舞。舞场设在菜市场房顶搭出的披屋里,名叫"威尼斯",男客五元一人,女客免票。舞场里有几位师父,多是六十七十的上海人,会跳各种社交舞,以小时计学费,饮料吃食另点。她们几个合请一位师父,轮流学跳。舞场里灯光昏暗,人事混杂,是有些乱。她们将衣服和包堆在一张椅上,团团围住,一人跳,众人看,就万无一失。临到回去,纷纷取自己的东西,月娥已经摸到包了,那同乡人却偏要传一下,这一传,手上一轻,仿佛重量飞走了。当时并不觉得,头脑蒙蒙的,耳边是锵锵的音乐声,灯又灭掉一批,伸手不见五指,脚跟脚走出,站在马路上,月光清明,人渐渐醒过来,想不起什么,就这么回到住处。隔日发现,包里的钱夹没有了。月娥虽不信鬼神,却也没有其他凭证,只认定舞场是个危险的地方,从此再不去了。

四

天色未明,手机在枕下震动起来。蹑着手脚起身,爷爷和猫都在酣睡中。下去楼梯,因为黑,还是踢着一个大火油箱,"哐"一声。这幢老式弄堂房子,三层楼里住有六七户人家，如今除爷爷一个，其他都分租出去，割据得更零碎了。走到灶间，后门一响，进来两个小姑娘，踩着高跟鞋，笃笃地上楼。这时候下班，妆容又浓艳，猜得出做什么生计，月娥只当不知道。一边梳洗，一边烧饭，她自己只需一锅泡饭，但要为爷爷准备三餐。米淘好浸在电饭煲，砂锅挖出一碗红烧肉放进蒸格，到时候一插电源就可。又开火炒一碗青菜，一碗豆腐。她知道是简单了，但周日这天休息，她自己买菜烧一桌，算作补充。爷爷女儿的突击检查，却总是跳过这一天，放在平时，所以就有不满，说，供住宿水电煤，再加每月两百元工资，原来是这样的服务！邻居多事，搬嘴给月娥听。等女儿下次来，又正巧碰面，她就放出二百元钱，意思不要了。爷爷的女儿捡起来，扔回去，她再扔回来。这样掼来掼去，不像是主雇，倒仿佛一对负气的姊妹，计较赡养父亲，谁付出多，谁付出少。月娥知道爷爷女儿是爽快人，说话不托下巴，并没有恶意，有时候开车带父亲去东方明珠或者浦东农家乐，强要她也去，还给她化妆梳头。上年儿子结婚，也请她吃喜酒。月娥交了三百元礼金，也是这么掼过来掼过去，直掼到她转身要走，方才收下。这女儿心里其实有数，月娥对父亲比前几任保姆都仔细，两人也投缘，省她许多操劳。

然而，即便本分如月娥，也会有不服规矩，大胆冒犯的行为，是她想不到的。所谓百密一疏，这一疏还相当严重，那就是"爹一只娘一只"的去留问题。

爷爷过敏性体质，皮肤上表现在湿症，呼吸道是哮喘，消化系统则是"预激综合征"。这几样都很麻烦，按中医理论是忌口，凡是发物都不能沾，所谓发物范围又极广，牛羊鸡，鱼虾蟹，葱蒜韭，秋后的茄子，初春的香椿，连料酒都算在内的；西医则是断绝过敏源，花粉、鸭绒、漆水、宠物。月娥的这一只，是弄堂里的流浪猫下的崽，拳头大就抱回来，等爷爷的女儿发现，已经是畜类里的少年，身体长大，毛色雪白，一只白耳朵，一只黑耳朵。女儿不禁吓一跳，即刻下令送走。月娥嘴上应着，以为这一回也像以前无数回的争端，最后不了了之。女儿下一回来，只见那东西又长大一圈，"嗖"地从脚下蹿过去，如一道白光，光里有一点黑，就是那耳朵。这一惊非同小可，猫的危险在其次，更重要的是老实的月娥竟敢不从，忒胆大了！气急交加，叫嚷起来，问月娥是人走还是猫走。月娥不会吵架，性子却犟，转身收拾行李铺盖。爷爷打圆场，被女儿指着鼻子威吓：你要发喘，再没人管！爷爷就跳脚。说话间，月娥已跑到楼下，后门口围一众人听动静，其中有磨刀剪的河南人，站出来说，猫可以交他养！爷爷的女儿本不想让月娥走，趁此正好下台阶，同意河南人的建议。无奈月娥抱着"爹一只娘一只"，就是不松手。来回夺几次，两人眼泪都下来了。一个说：人要紧还是猫要紧；另一个说：河南人不是真心养，而是杀了吃肉！河南人则提出可付钱，十块钱。月娥啐道：放屁！爷爷女儿说：人家诚心要！月娥说：就不给他！爷爷女儿说：你要给谁？话音都软下来，有了松动。最后，女儿说：我要找到养猫的人家，你不能不给！松了手，"爹一只娘一只"刺溜蹿下地，河南人收起钱，悻悻走开，人就散了。

隔一日，爷爷的女儿果真带人来了，一对中年夫妻，面相和善，说话也很懂理。专挑周日月娥休息时间，为的是让她看看领养人家。月娥挑不出一点不是，沉默着看"爹一只娘一只"装进纸板箱，纸板箱里没有一点挣扎和叫唤。月娥不由惘然，骂一声：没良心！也不送，关上房门，很决绝的样子。这一天过得落寞，她不说话，爷爷就也不说话，生怕惹着她，走路动作都轻着手脚。三餐完毕，睡前照常看电视，身边空出一块地方，温度都不一样了。早早上床，闭上眼睛睡觉。夜里醒来，窗外路灯映在窗帘上，以为是一张猫脸，一惊，复又睡去。

平静过了几日，忽一天下班回来，沙发床上蹲了白亮亮一尊佛似的，再一看，就不相信自己的眼睛，原来是"爹一只娘一只"。月娥又悲又喜，还害怕，怕爷爷的女儿追过来再捉了去。问爷爷怎么回事，爷爷急表功地告诉，今天一早，她方出门，那领养人家的女人就来了，提着纸板箱，说"爹一只娘一只"到得他们家，不吃不喝，百般的哄劝亦无效果，想想不行，要出人命——说到此处，爷爷自觉不妥，顿一顿，改成"性命"二字，再说下去——要死在他们家，算是犯杀生的天条！原来夫妇二人信佛，于是便送回来。爷爷说，已经给它喂下一杯牛奶，半碗菜泡饭。这畜类自小随他们吃喝起居，有些像人的饮食。爷爷的表情带着讨好，透露出自己并没有容不下的意思，怪只怪身体，不由他做主。月娥抱一抱"爹一只娘一只"，瘦脱有一层，毛色也暗淡了，于是打来温水给它洗澡。沐浴产品倒是名牌，雇主家清理过期物质，挑拣出来的。爷爷见月娥高兴，就说，实在送不走，也只好留它下来，但一定要藏好了，不能让女儿晓得。月娥保证"爹一只娘一只"身上干净不染病，但是，爷爷你也要争气啊，千万不要生病！自此，月娥就时常在猫耳朵里絮叨：听见大妹妹上楼梯，火速钻进床底下！爷爷的女儿她是称"大妹妹"的，因底下还有一个兄弟,就是"小弟弟"。勿管猫它懂不懂人话,就只是反反复复,一遍,两遍,十遍,百遍。事实上,大妹妹再也没有发现这罪孽的踪迹。爷爷呢,也再没有大的发作,真的挺住了。他们三个,一并守住秘密,相处更加和睦。

在爷爷这里居住,有一些家的意思。隔两三星期,几个要好的同乡人各带了肉菜糕饼,来到拼凑一餐宴席。头两回,安顿爷爷先吃好,然后再开桌面,但那边厢投来羡慕的眼光,便试着发出邀请,话没落音,人已经坐进来。五六个乡下女人,带一个上海老头,挤在巴掌大的灶间,围一张八仙桌。桌上七盘八碗,还烫了黄酒,彼此一点不见外的。先前陪爷爷住,后来让给月娥的那一位,也在座,非但没有尴尬,而是像老熟人,说:给你介绍的人好不好?爷爷说:比你好!同乡人说:怎么谢我?爷爷说:谢你一杯酒!什么酒?老酒!什么老?莫佬佬!仿佛大人哄小孩,其实里面是有机锋的。绍兴人有师爷的传统,说话尖刻俏皮,爷爷呢,毕竟有阅历,晓得什么时候清楚,什么时候糊涂。

几杯酒下去,爷爷打开话匣子,说起了往事。老迈的爷爷,其实有着叱咤风云的日子。曾经做过厂长,管着手下几百人,生产的明胶,一种工业原料,都销到国外去过。所以,爷爷去过外国,和外国人谈生意。针尖对麦芒,进一步,退两步,绕着圈子,调头杀回去,眼看没胜算了,忽然间柳暗花明!爷爷说,外国人有两处软肋,一是认死理,二是没耐心,所以说呢,我们这边就不能动蛮力,而是用机关。打个比方,古代有养猴人,给猴吃枣,上午三粒,下午四粒,猴子嫌少,不愿意;养猴人就上午四粒,下午三粒,猴子仍然嫌少,不愿意;养猴人再回到上午三粒,下午四粒,猴子还是不愿意;于是,上午四粒,下午三粒,来往几番,又是上午三粒,下午四粒,猴子终于接受,这就是成语"朝三暮四"的出典。在座的也都被绕糊涂了,互相看看,说不出话来,爷爷仰面大笑。这才知道老头子的厉害,这破落不成样子的弄堂里,其实藏龙卧虎。爷爷拿出照片给她们看,照片上的人和眼面前的,依稀相似,却天壤之别。西装笔挺,头发油亮,左右前后的人,多有谀色。可惜已是昨日风光,照片中人,如今领社会最低保障金,属弱势群体,真是世事难料。正当年富力强,政策又好,爷爷辞去公职,回到自然人,盘下厂子,做了老板。顺风篷上,眼睛一径向前看,旁边的枝节就忽略了。先是原料涨价,后是同类产业竞相起来,市场饱和,再接着资金吃紧,最终陷入三角债,以"诈骗罪"被起诉。虽是虚刑,总归有了前科,这是从司法角度讲;生意道上,信誉是第一位的,失去了再难回来;第三,年纪不饶人。总之,爷爷退出江湖。好在,儿女在爷爷兴旺时各自开辟事业,现在,就到反哺的时节了。

## 五

日子一天一天过着,难免有一点变动。雇主中,台湾人服务的公司从大陆撤资,人员先后离开。因公寓剩余有两个月的租期,就容留她继续做,直至找到下一份工。她究竟不能将客气当福气,白享主顾的恩惠。走进空荡荡的公寓,开头还有些收拾整理的劳动,很快便无所事事。电话响起来,也不敢接听,怕是要求记下什么,她真恨父母不让她读书,落得个睁眼瞎。电话铃声兀自响着,四下回荡,就只有逃跑了。于是加紧寻工,找新雇主,不敢挑剔什么,半个月就应工了。此时,有长做的一户,女儿回娘家坐月子,一周三次需增到一周六次。她不怕吃苦,只嫌做少不嫌做多,只是要与另一户东家商量,下午换到上午,从上午的头尾各挤出一个钟点。这样,就更要早起。最后还是要请爷爷谅解，上一天晚上烧好下一天的菜，爷爷自己淘米烧饭。爷爷好说话，她也不会欺负老实人，周日格外加餐犒劳。同时，她还要晚睡。钟点工的生活就是这样，时不时会乱一下，洗牌似的错过来错过去，终于对齐。稳定一阵，又乱了，再洗牌，再对齐。中间媳妇来过电话，告公公有重入牌局的征兆。媳妇虽住娘家，但耳目灵通，又领了婆婆旨意，履监视的职责，但凡有风吹草动，便来吹风。免不了气和急，打电话回去，一番吵骂，越说越火大，在外对人家的好脾气全变成坏脾气，说到极处，落下眼泪。对方只是听，不回答，有几次以为电话没信号，"喂"一声，那边却应了，再继续话头。吵骂升到高潮，眼泪已经干了，这一轮的撒手锏是"哗"地挂断。等对方打回来，但手机静默着，一响不响，晓得对方是不敢。心想是不是再打回去，倒想饶了他似的，再讲了，该说的都说透，还说什么？于是收起手机，慢慢平静下来。有些可怜在家的人，可是，谁来可怜自己呢？那么吃苦，一分一厘赚来，攒起，带回家。草房子推倒，起楼房，上下总共十二间，本以为苦到头了，儿子倒又要在上虞城里买商品房。她自然要帮儿子，于是，再赚，再攒，再带回家。儿子也苦，跟了老板一会儿上东北，一会儿下海南，老板接单的工程在哪里，他就到哪里做水电。年轻夫妻分居两地,除做工的辛苦又有一般煎熬,所以说,他们一家都可怜。

这一些都是过日子的常态,平安就是福,总算,没有大事情发生,比如,像上一年,老娘中风。不得已告假回去,回去了老娘又不让走,就拖延下来。急得向老娘跳脚:从来是嫌我多的,现在又少不得我了!老娘骂她没良心,出疹子时候,几天几夜背着不放她落地,否则,她已经死得投胎去了!她说早投胎早出头,谁想活在这命里做人,不识字,多少难为情!老娘说:是我不让你识,还是自己识不得,这笔账要算不清楚,都能追到阴司间里讨债!于是就要倒回去几十年,细述头尾。老娘说是自己读书笨,被老师骂回来,再不肯去。月娥的记忆是,当年生下小弟弟,要她背弟弟不放她去。提到那小的,老娘高起声嚷:人已经死了,你还赖他!说到这里,两个人都哭了,一场争端方告结束。又拖过几日,她真要走了,上班呢!哀告的口气。"上班呢"几个字有一种庄严,也正是这几个字,老娘才变得器重她超过姐姐们。于是,老娘豁达起来:走吧!临行晚上,月娥听她在被子底下哭了半夜。她一走,老娘就要回儿子家,住在儿子家里是受约束的,何况得了这种病,送医及时,没有大的碍处,但手脚总归不大灵了。其实,女儿家也可以住，可是，乡下人都要面子，没儿子养最被人诟病。她已经死了一个儿子，留下的一个不收留她，差不多就是绝户了。这一耽搁就是十数天，雇主多半有耐心等她，只一户家有老人的，另外找了钟点工，晚上公司的清洁，事先让同乡人替她，总算没有中辍。爷爷这头困难些，但不肯换人，宁愿自己克服，那时还没有猫的事情发生，爷爷的女儿也容忍下来，保住了。相比那一年，前后的日子就称得上安稳和顺。

每日天不亮出门，一个上午转两份人家，第二份包午饭。有时雇主不在家，她就自己找些冷剩热热。倘雇主在家，一张桌子上，吃的是新烧的饭菜，人家也很客气，她却吃不好，急着吃完撤离饭桌。有时会噎住，喉咙口勒紧，透不上气，主仆都着急，窘得很。下午是三份工，前两份各一个钟点，第三份就长了，吃过晚饭洗好锅碗才能走。这家人吃饭不在一个时辰，小的先吃，老的后吃，吃完了，年少的夫妇方才下班进门，于是，开始第三轮。她居中，和老的同吃，就在厨房里，倒自在些。为节约时间，分三次洗碗，浪费了洗洁精和自来水。那老的说过几回，不奏效，只得随她去，她心里有数，只是没奈何。终于完事，出来大楼，已经八点钟光景，再赶公司写字间。季节转换，气温上升，五、六两个月最好，到下半年，就是十月十一月好。冷暖适宜，风和雨细，身子是轻的，自己都想不到的灵活，在车阵中穿行，好像一条鱼。心里得意，得意在这城市里不陌生不胆怯。别看高楼林立，吓不怕她的。五一和端午，国定假日，东家问她，要双份工资还是休息，她总是回答：休息！原本她以为人的力气是用不完的，现在还知道这世上的钱是赚不完的。也有悭吝的东家，自动给了假，那就正好。

这一日，她们同乡人商量去野生动物园玩。早一批人去过，描绘十分惊险壮观，车在兽群里走，前后左右虎啸狼嚎。爷爷很想跟了去，月娥没同意，一是怕爷爷生病，二也是想有半日自由，要照应老的，总归玩不好。中午饭炖了猪蹄，红烧一条鱼，二三样时蔬，豆腐荠菜羹。爷爷却罢吃，只吃白饭。她把菜硬送进老人碗里边，心里好笑，"老小老小"。吃完饭，走出后门，不回头也知道爷爷从窗户里看她，不由心软，到底挺住了。地铁口汇集，刷卡进站，不时，便听见列车轰鸣，转眼间，闪电一般过来了。从窗口看得见有空座位，门一开，冲进去，已经被人抢占。五六人中只两个坐到，还是分开的。停一站，又占到一个，再停站，再占一个，终于全坐下，就要集拢一处。车厢里人看她们一伙喧哗和骚动，多露出不屑的表情，还有人讥诮说：下棋啊！她们才不管，大声说大声笑。假日里，这趟车一半以上是往野生动物园出游，一家数口，带着吃喝，小孩子的玩具，她们则是单个。有一点点思乡，又有一点点得意，因为独往独来，全凭自己，于是更加放肆。

她们都穿了簇新的衣服，红绿的颜色，半高跟皮鞋，头发上别一朵绢花，胭脂口红，做新娘子都没有这么鲜艳。那时候，其实没有打扮的心思，愁都愁不及，也不会穿衣梳头。紫花缎的棉袄，银灰毛料裤，高帮棉皮鞋，前刘海烫成一个鸟巢，坦克链的手表，就算是最时髦的了。看照片，照片上的人比现在还老气，木鸡似的。如今呢，尽管长了岁数，但比那时候敢穿，这城市里的人，都是没有年纪的。就这样，一群人，花团锦簇地，下车，上地面，汇进人流。野生动物园并不像去过的人所说热烈耸动，老虎们，散得很开，远远看见一头两头，豹子、狮子也是。大约见得多了，对汽车以及汽车里的人都缺乏兴趣，懒得瞧上一眼。月娥也没有预期的兴奋，比较电视上的"动物世界"，实际情形平淡许多。但她还是有一点激动，因为视野开阔。天地那么大，四边没有遮挡，呼吸畅快得很。而且有一群羊，广播介绍叫作羚羊，很珍稀的物种，在她看起来，与普通的羊无大两样，使她想起家乡山里面的牲畜。羊群跟随汽车奔跑一段，从车厢两侧过去。羊蹄子离开地面，仿佛飞起来，这才知道这羊的不凡。车在散养区域走一遭约有一个钟点，到发车的地点下车，最主要的项目结束了。太阳已经偏西，她们在安全区的丘陵河塘，树木草地走一阵，占了一具石桌，围拢坐下，将带来的饮料糕饼瓜子拆包，开始吃点心。有年轻男女席地铺一张毛毯，或坐或卧，形容亲密，并不避人。为表示司空见惯，眼睛就不往他们去，只用余光扫一扫。坐大半个钟点，就收拾起身往园外走。搭乘地铁的队伍排了几个回环，等到上车，再周转，出站来，天已擦黑。商议一起吃饭，桂林米粉，沙县小吃，重庆鸡公煲，最后还是进一家菜馆，点几个炒菜，浓油赤酱的，下饭得很。账单上来，平摊到个人头上，所费就有限。这一日过得十分满足，分手时说好下一个节假日再玩，植物园，东方明珠，世纪公园，等等，等等，由她们自选。月娥与介绍爷爷家的同乡人有一段同路，同乡人很殷勤地要替她拎包，包已经到她手上，月娥停一下，没松手，拉回来，说：不麻烦！同乡人说：我是怕你累！月娥说：你也累。同乡人说：太客气了，你。月娥回答：家乡人，客气什么？同乡人就松开手，有些悻悻然。月娥又不忍了，说：下回再出来！一个转弯，一个直走,等看不见背影,月娥低头检查包里的物件,一样不少,放心下来,一径走回去。

  月娥将出行描绘得很简略,爷爷的遗憾就好些了。告诉她大妹妹下午来过,没有看见"爹一只娘一只",那畜类听到脚步声,往床底下一钻,虽然不会说话,肚子里都有数。月娥说:这一点倒像我。爷爷说:谁养的像谁,很快它就会踏电动车了!两个人一只猫坐着看一会儿电视,各自就寝。天气暖和,后弄里杂沓起来,有人家开了窗打麻将,骨牌敲在桌上啪啪的脆响。这些噪音并没有影响屋里的睡眠,梦中有一只羚羊,就一只,往车窗里探头,月娥一转脸,飞奔走了。

## 六

  爷爷生病了,和过敏没有关系。这一日,起床落地,脚站不住了。月娥打电话给爷爷的女儿,女儿再打电话给120急救中心,120的车进不来后弄,在弄口徒劳地鸣叫,下来两个壮大的男人,提着担架。所谓担架就是一床带拎襻的单子,将爷爷裹在里面,两头一提。惶遽中,那畜生没藏好,来人险些踩着它。

爷爷的女儿也许没看见，也许看见了顾不上，没说什么，跟着上了救护车。月娥下晚班去医院看望，爷爷已经住进病房，做过许多检查，精神倒不错。月娥收拾起换洗衣裤，问爷爷想吃什么，护士就进来催促关灯睡觉。月娥退出房门，一条走廊如白昼般的大放光明，却反加深了夜色。月娥敛着声息，心里忧愁，愁爷爷不知道害的什么病，也愁自己，预感生活又要起变化。

天气赤热，午后炎日里，电动车轮下的柏油路面，像是泥做的，柔软起伏。骑车人，尤其女性，都戴一种遮阳帽，蓝色塑料的帽舌头，压下来盖住脸，就是面罩。与此配套的还有一双套袖，白色尼龙纱，袖笼很宽，灌了风，飞起来，变成两翼翅膀。从滚烫的气浪走进公寓大楼，森凉扑面而来，汗倒下来了。再次出门，日头弱一点，身上不那么烤，略透气些。但等天全黑下，白日里收进去的热又尽悉释放。这城市的水泥、金属、玻璃、外墙的涂料，专会吸纳温度，到某种条件下再吐出去，竟比当时当地更汹猛。她去到医院，病房已经熄灯，爷爷还未睡着，压低声音说几句话，收拾起换下的衣服和吃空的碗罐，走出去。第二日再带着干净衣服，新烧的饭菜，送去医院。晨曦里的凉意，在医院门前的熙攘杂沓中迅速散尽，换来一种掺杂隔宿体味的混沌的热。衣服后背渴湿了，又在病房的空调中阴干。医院里的市面早，此时开始供早餐，她将饭盒汤罐交到爷爷手上，嘱咐如何加热，遂匆匆离开，去上第一份工。爷爷的脚能下地行走了，可爷爷的女儿却说检测的结果大不妙，需从长计议，这短时间建立起的新秩序也许又面临解体。

爷爷的儿女商量送父亲去养老院，说是商量，其实是大女儿的意思，小儿子一贯不做主的。她说，爷爷看起来是腿疾，根源却在肺里的肿瘤，从此必要全天候的服侍，月娥你，她看向月娥，我知道一个月至少赚七千到八千，我是用不起你的。因说的是实话，月娥便不好反驳，沉默着。爷爷的女儿继续说，这房子虽然小，不过一个亭子间，但地段好，出租至少两千，我倒想你来租，可你是租不动的！这一句又是实话，月娥依然沉默。好的养老院，一个月不下三千四千，护理费医疗费还要另算，你知道，她又看月娥，老头子没了公职，吃的是低保，最基础的，所以，就要靠这房子补——月娥就知道要卖房子。"爹一只娘一只"从床底下睁眼睛看，仿佛听得懂，爷爷的女儿甚至也看它一眼。她似乎把它这回事忘了，或者是，有更严重的事情发生了，其余统忽略不计。屋里两个人和一只猫岑寂着，各有各的心情，又同是一种疑惑,那就是,因为卖房子送爷爷进养老院呢,还是因为送养老院卖房子?是养老院归养老院,卖房子归卖房子,还是两样合一样,同出一理?上海这地方,房子是天大的道理,又是天大的理亏,爷爷的女儿受不了沉默的压迫,一顿足,走了。

爷爷出医院,每到星期天,女儿或儿子就开车带着去看养老院。爷爷都不满意,总归挑得出缺点,其实是不情愿。他对月娥说:儿女是要卖房子分钱!月娥不好接嘴,只说爷爷住到养老院,她会去看望。爷爷看养老院,她看房子。上班的雇主都在这一带,就不能往远处找,凡同乡人合租的住处,都十分逼仄,一个萝卜一个坑,拔出一个空一个,所以也是无功而返。爷爷回家养着,身体精神都健旺起来,比先前还胖了。有两个星期日,儿女没来带去看养老院,事情延宕下来,月娥寻找住处的急切也松缓了。这一年的酷暑在躁急与混乱中过去,秋爽降临,仿佛逃过一劫,人就变得乐观,凡事都往好处着想,爷爷也开心起来。就在这时节,事态骤变,爷爷的女儿忽带人看房子来了。接下去,便如刀切白菜,一连串地进行。签合同、交定金、房屋过户,养老院的通知也到了,原来,早已经登记排队,现在排到了。火速中,月娥硬在同乡人地方挤出一个床位,还是那个爷爷家的前任,她与她有前世的孽缘似的,摆不脱干系。十天半月光景,这房间就如打劫过似的,搬得半空,墙角里的蜘蛛网露出来,灰絮在地板上打滚,爷爷的脚又不能走了,走时坐一架轮椅,掉着眼泪,也不敢说什么,怕得罪儿女,终究是靠他们的。

早一天,月娥搬走自己的东西,一个箱子,一个蛇皮袋,一卷铺盖,还有"爹一只娘一只"。所谓挤一张床铺,其实就是一条通铺,左右让出一尺,放下一床被褥。好在天气趋凉,不怕挤,因多一人分摊租金,也都不嫌她,还很欢迎"爹一只娘一只",可对付老鼠。这间房子是自建房,在一条夹弄里,房产商早已经圈下地皮,就等资金到位。四下里都在拆,残墙断壁包围,老鼠就从四面八方跑向这里栖身。"爹一只娘一只"其实不食鼠,但是物种属性决定,鼠类平靖许多,只是猫相有所改变,变得粗野,毛色也不匀了。月娥自己都顾不过来,新换地方,七八个人用一个水龙头,两具煤气灶眼,化粪池是业主私放的管道,马桶就常常堵塞,又或多或少有点欺生,什么都抢不到先,常常来不及梳洗就去上班。人和猫都变得邋遢,想到在爷爷那里的日子,称得上享福。然而,这样的变故并不是第一次,居住的窘迫也算不上之最,几个星期下来,月娥与同住人协调手脚,就像一块砖,砌进墙面。到底同乡人,论起来,有两个还是一个乡镇。一旦熟络,彼此就照应起来。生活渐渐从容,她和"爹一只娘一只"形貌也比较看得过去了。霜降时分,暴冷天,温度只到零,她们被叠被拥在一起,却是火烫火烫。黑了灯,说些东家的怪癖和秘事,保姆业流传的八卦,和她交情近的那位同乡人擅讲鬼神,听得人瑟瑟抖,又哈哈笑。快活中,月娥方才想起,还没有与爷爷通电话,说好要去看他的呢!

电话里,爷爷听到月娥的声音,又哭了。月娥不由鼻酸,决定下一个周日把人接出来过一天。她和同乡人说,这一天的午饭,由她出资,其他人帮助采买和烹煮,她要请一个客人。难免要被调笑,问她与老头子有什么计划?她就去扑打说话的人,那人就逃,两个人四双脚踩着被窝追逐,绊倒爬起,旁观者拍手助战,顿时开了锅。闹过了,月娥正色道:爷爷是可怜人,说三道四造孽的!人们安静下来,她却被自己的话触动了。她想,都说上海人有福,她所遇见却多是落魄,或是炒股票赔进家当,或是老和病,或者倒要让外国人来养,这世界的风水在转呢!

到说好的一天,她邀了有夙孽的同乡人一起去养老院,留下那几个办饭。这养老院远得很,好在新通地铁,否则就没办法去到了。总共转了三条线,出站又走十几分钟路程，方才看到挂牌。虽则路远偏僻，院落和楼房却轩朗整齐，阿姨也很亲热，一说名字，就引上楼进房间，她们倒是一惊。爷爷一身西装，雪白的衬衫领口，结一条紫红领带，和出国照片里一样。看见她们，并没有哭，而是带些倨傲的表情，就很有派头。来不及坐，给爷爷套上大衣围巾，戴一顶贝雷帽，推起轮椅，出门去了。一路有人与爷爷打招呼，很羡慕的样子，问回来不回来？又几时回来？爷爷不回答，只微微抬手挥一下，很像领导，她们则是护卫，赫赫然出到街上。天气很好，太阳暖烘烘的。这两个不免要问些衣食饱暖的话，爷爷的回答很简短，矜持得很。两人便交换眼色，意思是爷爷架子很足，也看得出养老院的日子还不错，至少不像先前以为那样叫人害怕。再上地铁，因要走无障碍电梯，转换进出就比来时费周折，走进她们住处的后弄，日头已到正中。推开门，只见灶间里摆了满满一桌吃喝，围坐着的同乡人不知事先约定还是临时起意，一同向爷爷鼓掌。爷爷撑不住了，红了眼眶。这一餐饭吃到下午三点，爷爷喝了酒，又将昔日的风云说一遍。座上人多从月娥嘴里听说过，但当面讲和背后讲到底不一样。爷爷说完，各人又说些乡下的趣闻。一个印染厂老板，造起一幢别墅，家中雇佣十几个男女佣人，其中两个女人,专门用抹布一块块地擦拭道路上鹅卵石;又有一个织机厂老板,为造私家园林,从江西地方移来千年大树,收费站只得拆掉路障,让其通行;第三个老板,有私人飞机,将几百亩山地刨平,做机场和跑道——这就有人不同意,政府有禁伐令,怎么能坏规矩。说故事的人不禁冷笑:人可以定规矩,也可以破规矩,只怕政府还要感谢老板解决就业,一拆一盖不都要用工?爷爷听得瞠目结舌。爷爷那个时代老早成旧皇历,人也是边缘人,不晓得世事翻新到什么程度,唯有叹息:上海人,上海人啊!在座就告诉爷爷:现在有一种人,叫作新上海人,很不得了的,那种最老的老洋房,带花园草坪的,都是新上海人买下来。爷爷说:你们都是新上海人!有嘴快的回应:馒头落到酱缸变酒,落到粪缸里生蛆,运势不一样。亦有人正色道:我们是乡下人,终究回家安老的!听这话,爷爷伤感起来:你们回家安老,我老了老了,倒要离家,住集体宿舍。一众人纷纷安慰:我们现在就住集体宿舍,早住晚住而已!时间不早,要送爷爷回去,出门时,一条黄白影子忽扑到跟前,定睛看,原来是"爹一只娘一只",有些变样,又伤感了:"熟"透了!意思是见老了。月娥就说:猫本来就寿短,算起来,它的年纪比爷爷大!怕爷爷触景生情,不敢多停留,速速推上路,向地铁站去了。

七

新历年翻过,春节的忙碌就起来了。电视里,广播里,都在报启动春运的消息。车船码头开票预售进入倒计时。同乡人中的一个,东家有办法,在网上替她们买到长途票。动身的日子一天一天逼近了。有慷慨大方的雇主,包红包,买年货,悭吝些的也多少意思意思,送盒糕饼,买双鞋袜。月娥做清洁的公司今年盈利好,福利发到临时工,洗发水、沐浴露、毛巾肥皂。体恤她们一年在外,辛苦不易,添些行色,高兴富足地回家。临行前稍稍出了个岔子,最终也化险为夷,平安渡过。那天,月娥去银行,想转钱给儿子卡上,送进去五万的折子,回答说只有二万五,惊出一身冷汗。一同去的同乡人识几个字,仔细看几遍,果然只有二万五。这下子,月娥眼泪就下来了。她清清楚楚记得五万,还是爷爷带她去存的。可是爷爷在养老院,她只有去找爷爷的女儿。赶到女儿家中,正在吃饭,放下筷子就跟她走。爷爷的女儿坐在电动车后座，双手箍着月娥的腰，月娥感动地想：大妹妹人其实不坏，又有热心肠，就是爷爷的事上急了些。一路无阻，到了银行，大妹妹也不取号，直接进去找当班经理。那经理是个小姑娘，被来人的气势吓倒，说话就气短，第一回合月娥这边就占上风。待大妹妹说明来意，指出折子上的存入款记录，又有一个转出记录，请经理解释。小姑娘渐渐缓过神，细一考究，说这转出的二万五是买一种理财产品，于是转向月娥：阿姨，难道你忘记了吗？是你同意签字的。月娥既不懂什么理财产品，也没有签字的印象，再又不敢说自己不识字。小姑娘从电脑里敲出存档，月娥这才晓得已经进入到理财行列。钱是不会少她的，只暂时不可取出，要等三年，本息交付。倘若阿姨你，小姑娘说，现在退，也可以，只是为你可惜，利息没有了。月娥想了想，还是退钱牢靠，至于损失利息，她倒想得开，不是自己的钱总归不是自己的。大妹妹斥责他们银行私自将储户存款投入理财，都可起诉，小姑娘且一口咬定，本人知情。反过来是月娥劝大妹妹罢休，怪只怪她不识字，又听不懂话。

混乱着，就到旧历年尾，一众人收拾好行李，各有三五大包，七八小袋，月娥又格外多出一件，就是"爹一只娘一只"，装进带盖竹篮，随她去乡下。年后不知道有无挪动，那房东早搬去新购的商品房，这一段过来得很勤，话里话外都是走人的意思，无非加价房租，或就真的要拆迁平地了。人本来是要遭罪的，让个畜类陪着，也是造孽。一大清早，拼坐两辆出租车，往长途车站去。她们已非当年，刚从乡下出来的新人，两手空空，攒下的每一分钱都捏得出油来。过年回家，夜半起身，肩上挑根扁担，硬是从长宁走到南站，去乘火车。乘的是慢车，一走一停。饭盒里盛了冷饭，免费的开水一冲，筷子一淘，囫囵吞下肚，连个茶叶蛋都不舍得买。老的殡葬，大的娶亲，小的读书，再加上房子，都是这么挤出来的。现在，她们可阔多了，地铁、公交，熟得很，出租车，偶尔也要坐一坐。她们不再搭乘慢车，换作豪华大巴，夏天空调，冬天暖气，一路过去，差不多就到家门口。想不起什么时候，公路像一根鞭子，刷地劈开山崖树林，横在脚底，引得青壮都往外跑，不几年，村落就只余下老的和幼的。

下午二三时，大巴进到省际公路，同乡人络绎下车，有的直接进村，有的还需转一程，就有家中小辈候在站上，或开自驾车，或开摩托，把人接走。省道下面有县道，县下面有乡，乡下面还有村，甚至有一家一户独自修出路来。宁绍地方，自古有修桥积德的传统,现在是开路。开路不比造桥,需占田地山林,且是庄户人的衣食。话又说回来,谁还靠山吃山,靠水吃水呢?月娥的村子在最里面,所以这一伙里她是垫底,末一个到家。车厢里空廓许多,沉静下来。离开一年,只觉树木更杂芜,人家更稀少,错落几爿屋顶,几被掩埋。男人五叔立在路边,手里扶一架自行车,身上换了新衣服,胡须剃得溜光,倒不似她以为的落拓。车门打开,先下行李,然后下人,自行车的前架后座,全负满东西,俩公姆一前一后往家里走。

五叔身上收拾得整齐,原是为迎接月娥回家,房子里纵是杂乱,也不好说什么了。总之,一进门,还没喝一口热水,就是归置和打扫。床上还铺着夏季的草席,蚊帐顶上布满昆虫的尸骸,为找新衣服穿,橱柜里翻江倒海,饭桌罩笼底下的剩菜不知多少天之前的,冰箱里黑洞洞。液化气灶眼让溢出来的粥饭糊死了。钢化汽罐倒是抬来一排,米也舂出来一满缸,鸡嗉子鼓鼓的,已经吃不动,地上撒的谷子被爪子踩进泥里,都是等人回家的架势。月娥手不停歇地洗涮擦拭,五叔跟在身后,也是忙。她让拿东,他却拿西,她支他远,他偏在近,即刻要用的再找不到,递到手上的都是无用。燃着的柴火拖到灶口,险些点着屋顶;洗衣机脱落管子,水淹了院子;抓到手的鸡强挣出来,待他去追，后衣襟却被狗咬住。月娥骂五叔笨，五叔就生气，凡事凡物都欺他，欺他孤单一人，无依无靠！忙和乱中，过日子的欢腾回来了，生分的男女也有了话说。天黑下来，电灯亮着，明晃晃的，白日里的肃杀气这时和缓下来。房屋大致妥帖，干净被窝铺上床，柴灶上的米饭喷香，液化气小火煨着鸡汤。月娥这才坐得下来，手里还剥着苋菜梗，填进腌坛子。五叔告诉年里头的安排，大年初一要请三伯四伯吃一餐，初二见亲家，初三呢，就有一件大事情，什么事情？其实她早已经知道，就是儿子的新房子装修完毕，年后搬进去，自然要喜庆一番，所以阖家去上虞城里吃酒。

月娥问，为什么不在家里办？五叔说，儿子定好酒席十二桌。月娥还是问：为什么不在家办？二十四桌也办得出来！五叔说，那也是家，儿子的家。月娥不出声了，眼前出现另一幅办宴宾客的图画，是这十二间楼房落成，请一名大厨，带两名小工，村里女人都来打下手。办的不是十二桌，也不是二十四桌，而是流水，从午间到晚上。油布篷撑起两顶，一顶办厨，一顶布席。木匠一桌，泥匠一桌，瓦匠一桌，儿子的同学老师一桌，亲戚几大桌，乡人几大桌，这都是称得上名目的，其余的就不计其数。鞭炮放了几十里地,回声阵阵,山壁间碰来撞去,久久不能散去。那时候山还没全打开,公路通不到家门前,可消息传得飞也似的,都晓得这里头有好事情,过来贺喜,讨一杯喜酒。月娥抬头打量,四角上的红绫子还没褪颜色,这房子已经空下来。封上坛口,烧一圈蜡,密闭了缝隙。站起身,剥下来的皮扫进簸箕,锅里的饭焦铲下,盛进竹篮,鸡汤熄火。冰箱插上电,打开便亮起灯,向里看看,炒的酱,杀好的鱼,蒸的馒头,从上海带来的一只蛋糕,分生熟冷冻,全归位了,这才关灯上楼。

从上海鸽子笼陡然来到乡下,房子大得无边际,到处都是空。月娥想,到老了还是要回来,什么时候才算老呢?以前她当是五十岁,后来做久了,就当六十岁,眼看过六十,身上还有力气,就又定作七十,就有十年的光景,那时恐怕真的做不动了。楼板新洗过,锃亮锃亮,闻得到木和漆的香味。楼梯转角专留出一扇窗,看得见后山上的竹子。这房子的款全照新式做,从萧山请来的设计师傅,留的窗多,每一扇都是一幅景。如今,这四围的景似乎都在逼过来,山啊,石啊,树啊,草啊,房子再大,也挡不住它们,眼看就要壅塞,合拢,密闭。

进房间上床,感觉到被褥的凉潮,是从地底下生出,穿过地板,再穿过楼板,升上来。她向身边人移了移,借些热力,脑子里有许多事情要想,可这一日,实在太过疲乏,撑不住。滑下去,伸直腿,忽觉被上有什么软软的压着,原来是"爹一只娘一只"。它倒会找地方,仿佛不是初到,熟门熟路的。心里一安,踏实下来,即刻入睡了。

2016 年元月 25 日　纽约

红豆生南国

一

　　身前身后都是指望他的人，依常伦排序，第一是他生母。

　　生恩和养恩孰轻孰重，难加分辨。论先后，没有生哪来养？论短长，生是一时，养却是一世。既无法衡量比较，便顺从现实，从来不提生家，一心侍奉养家。所谓养家，其实只阿姆一人。他从未见过养父，领过去时，只阿姆自己，阿爹卖猪仔去了菲律宾。那时节，人都是卖来卖去的，他的卖价是三百斤番薯丝，如今看来极贱，但阿姆骂他，是当价昂的说，意思花大钱沽他来，却不乖，又无用，可见是个赔钱货！他被骂惯了，时不时还会挨几下打，别的他不在心，唯独"三百番薯丝"这句，多少有些伤他，起来隔阂。虽然一上来就知道不是阿姆的小孩，也知晓即便自己的小孩，疼他也疼不过阿姆这样，但这一句，让他成了劳力，猪仔似的。六岁那年，阿姆决定去菲律宾找阿爹，与一伙同乡人付出一笔钱，夜里上一条大木船，登船时又被为难一番，嫌他太大，不是阿姆说的四岁，要加价。阿姆心疼钱，就骂他吃得多，长得快，三百番薯丝再提一遍。途中起风浪，木船几乎摇散，他被几个大人压在底下，听见阿姆变了腔的叫喊，应不出声。阿姆吵得太凶，受人呵斥，一艘巡逻艇突突开过去，借了灯亮，他和阿姆一上一下看见，都是惊恐失神的眼睛，仿佛分离有万万年，彼此换了物类却还认得出。

　　大木船登岸香港岛，一边找工做，一边打听阿爹消息，是一段极苦的日子。在新填地街租下半间屋，说是屋，其实是替人看档，夜里拉下卷帘门，铁皮柜上铺开席枕；天白卷帘门拉上去，便卷起铺盖，将柜里的干鲜货摆上柜面，大人小孩各自走开。阿姆到后面码头打杂，他则上学读书。一日里只晚饭起炊，就在路边露天点一个火油炉，下一锅面线，母子俩吃一顿热食。那两餐都是混，倒也不曾挨饿。因这条街多是水果档，垂手可拾，刀尖剜去烂眼，余下一角填肚腹。也因此，成年以后他不爱吃水果，果肉里总有一股腐味似的。街对面是一间戏院，专演粤剧，小孩子们常溜进去玩。倘有戏班驻场，守门人没看牢，便潜进后台。那一挂挂戏服，一顶顶头面，妆台上的镜子交相辉映，架上的刀枪，红绿缨子，空气里有一股粉香，好像天上人间。曾经从广州过来剧团，红线女头牌，天不亮就排队购票，一人只得四张。他们这伙小孩子代人占位，一个位换一角币。天热，卷帘门里，一夜睡过去，一身痱子，他们本来就睡马路。占位的收入，集起来替阿姆买一张票。那一天，阿姆早早从码头回来，煮了面线，吃毕后洗澡洗头，穿一身香云纱衣裤，摇一柄蒲扇，扇面洒几滴花露水，过到街对面，堂堂正正走进大门，看戏去了。剧团的团长是个北佬，叫他们"小鬼"，广东话里不是好话，但内地那边过来的，尤其官场上的人，有些君临天下的气派，所以就还是欢喜的。

都是苦惯的人，他又年纪小，不解事，就受得住煎熬。不知不觉间，他们从货档里搬出来，搬进一间正经屋子；又不知不觉间，阿姆自己开起一小间货档，打老鼠会得的本钱。这时候，他也大了，十二三岁的人，个头长过阿姆，穿了白衣白裤的校服，头发斜分、梳齐，骑一架自行车，游龙般出了街巷。先给食档送菜，然后上学，下学后再送一轮。这一轮就带有馈赠的性质，即将过夜废弃的菜，不如做人情。阿姆少骂他许多，再不提三百番薯丝的话，预见到将要靠他。菲律宾那边的人，一是无音信，二是不指望，香港是唐人的地方，阿姆和他已经住惯了。

他上的是一间爱国学校，师生中有激进分子。左翼思想往往培养文艺气质，因二者都有空想的成分。具体到他，困窘的现实里，更需要开辟出另一个空间，存放截然相反的储藏，就像新填地街对面的剧院，舞台灯光里的男女丽人，上演一出出戏文。说是古事，可谁又真知道，总归和今日不同，凡不同的事物，都推到古远，三皇五帝就是至仁至德。所以，他自小往文艺青年的方向走，喜欢读书。学校邻近，专有一间书铺，租售现代文学作品。鲁迅的文章对少年人显得过于严苛；刘呐鸥一派的都会小说，在社会底层的人生又忒奢华；批判现实主义，比如茅盾的《子夜》，一方面，和前者同样，声色犬马，另方面，却有一个坚硬的壁垒，即资本主义运作体系，中学生的认识难以攻破，令他生惧，于是便退回来；巴金的《家》《春》《秋》，是他喜欢的，虽然也是离他的生活远，但因有着常情被他理解并感动，然而那皇皇巨作，众多的人物，繁复的情节，社会各阶层样貌，几乎是先天的存在，非人力所创造！所以，他攫取作榜样和练习的，是戴望舒，徐志摩，还有林徽因"桃花，那一树的嫣红，像是春说的一句话"——说到此，就要感谢五四新文学，开创有白话文的诗与散文，要不，少年人的心事往哪里安放呢？反过来说，正因为有了这些新辞，方才启动心事，否则，他们还不自知。这也就是启蒙的结果吧！

这样，他就在自习本上写下一行行句子，写海、远山、礁石般的一串离岛、天上的云——香港的天空，实在是很活跃的，氤氲集散，一忽儿推拥，一忽儿铺平，一忽儿成风，一忽儿化雨。心情也随着摇曳，一忽儿舒朗，一忽儿沉郁，一忽儿阴，一忽儿晴。文字多少是夸张的，偏离客观真实，加强主观性。他就变得多情善感，常在无人处独自出神，甚或流泪饮泣。临青春成长，一切感受格外尖锐。阿姆的粗鲁的爱折磨着他，吃不下的时候硬逼着吃；睡不着时强行关灯逼着睡；与同学争执，最常见不过了，阿姆却吵到同学家去；老师评语稍有差池，那就是全校耸动，校长都出面了。倘若不是"三百番薯丝"的前缘，他会与阿姆闹翻，现在，因有这项自知，便压制下来。受恩其实是屈抑的，但这屈抑帮了他，安然度过反抗期的危机。

　　如此的处境里,要他不去想念生父生母,也是不可能的。从"三百番薯丝"的卖价推认,一定是极贫寒的人家,否则不至于沽儿鬻女,所以心中并无怨艾,只好奇他们是怎样的人性,如何喜怒形状?想必不会是阿姆这样的强人,而是软弱认命的;他的兄弟姐妹——他无疑是有兄弟姐妹,否则不会养不下他,倘是有他们,就不会像如今的孤单,看街坊多子女的人家,尤其是兄弟们,呼啸而过,呼啸而往,当然的,免不了要争食争衣,阿姆却从未让他受过饥寒。这么想,并非要将两家作比较,生和养如何比较?两项缺一项,就没有他。即便在最寂寞最苦闷时,他也不曾生出过厌世心,相反,还有些享受呢!所谓情何以堪,其实还不是有"情"才"何以堪"?一个有情人总归是庆幸出生于世的。文艺专是为培育有情人的。

　　其时,他的有情还未邂逅革命,处在漫生漫长状态,仿佛天地间皆是,又仿佛,是一个空洞。如果这样无目的的阶段再延后一个时日,恋爱就会充实他的滥情,可是男生普遍晚熟,看不见,甚至害怕,为了躲避还要绕道走。要过若干年,方才醒悟,然后勇进,这且是后话了。如今,他的知己是同性朋友,和情欲无关,而是同道的性质。这位同学少他一岁,因他晚读书一年。同学籍贯浙江慈溪，以乡土论，应是蒋系三民主义，可偏偏追崇毛的新民主革命。也爱读书，读的是哲学和政治，严复的《天演论》，梁启超的《少年中国说》，瞿秋白的《多余的话》，马克思的《共产党宣言》。同学的说话，他多半不懂，说的人自己也不全懂，但辞藻是华美的，共和国，放射光芒，仿佛海上生明月。两人都激动着，湿润的海风吹拂脸和身子，云一层一层垂下来，最顶上的一层，镀有金边，是落日的余晖，海鸥就在金边上下飞。离岛在暮色中忽隐忽现，忽起忽沉，天公顺手撒下的一串碎石，带着人家、稼穑、渔猎。渔火闪烁。再一会儿，云层与海平线合拢，满天星斗。演说结束，一片静谧，一个更宏大的华美笼罩下来。他们站起身，回家去了。

同学的父亲，在码头拆船厂做工，一口养活几口，家境甚至不如他，但有父有母，又有兄弟，气势就磅礴了。再说，五六十年代的香港，贫穷是常态。外头说香港势利场，其实是胼胝手足，打和拼。有一阵子，他近乎艳羡，看同学慷慨激昂。两人个头高矮一般，但那一个手脚比这一个粗壮，声气也是粗壮的，一双细目炯炯有神。而他，此时已戴上近视眼镜。视力，也是性格，使他行动反应都要迟缓一步。看同学大敞衣襟，任风吹起额发，张开双臂，像是迎接时代，又像时代迎他走来。

历史，大约在某种程度上，真是天地人感应。这一年，世界左翼力量忽然积累到临界点，这股力量来自冷战格局下意识形态对峙冲撞，大约还有发育期荷尔蒙水平激增的缘故。战后婴儿潮一代人，急躁地成长着正义的概念，理想主义各辟路径，每一个局部的孤立事件，先后成为逻辑链上的一环。刺杀肯尼迪，古巴革命，切·格瓦拉，中国大陆"文化革命"，巴黎五月风暴，香港反英抗暴——文艺青年终于遭遇激进政治，那段日子，即便日后付出代价不小，回想起来依旧心旌激荡。罢课，游行，集会，冲击港督府，印刻传单——他写了多少文字啊！原先的风轻云淡忽就变得炙热。他觉得正在靠近他的同学，同学的思想变得容易理解，更要紧的是，能量。原先他总是跟不上，就像一个气短的人，现在，他踩在同学的脚窝里。甚至，他开始，逐渐地，能言善辩。笔尖更加流畅，一向的短句延为长篇累牍，总也收不住，收不住。他的文章被校外的报刊采用，迅速传播。他来不及将草稿上的文字刻到蜡纸上，就有一名女生自报做誊抄公。晚上，教室里，他写文章，她刻钢板，同学呢，推油印滚筒，同时向他们输送思想。这思想在递进，向着远大的目标，他险些又要跟不上了。女生的娟秀的字，刻在钢板上变得棱角分明，英气勃发，使他的文章增添战斗力。他们这三人行组，成为学校运动的核心层，当风潮平息，运动解体，三人行还延续着，结局却出乎所有人意料。

二男一女的组成结构，多半是一对一加一，就是说，一对恋人加一个无关的人，这个人常被称作"电灯泡"。羞怯的少年爱恋，"电灯泡"的存在很重要，不只作用于假象，有利舆论，更可缓解单独相向的窘迫。所以，这一个多余的人又是必要的人，被双方拉拢，成为三人行的中心人物。时间进行，事态发展，倘若有一天，第四个人加盟，成为二对二，便水落石出，各归各位。然而，情窦初开，往往蒙昧不明，难免清浊混沌，生出错来。女生来自上海，香港社会阶层划分，地域的因素占一定比重，江浙沪甬先天有一种优势。这靠海吃海的一带，多是以劳力谋生计，并不因此为上下，但潜在的，多少划分出亲疏远近。这样，女生和同学在地缘上就是同类，智能上也旗鼓相当。他不至于自谦是蠢物，但是，千真万确，缺乏他们那样的光彩，声色照人。做他们的朋友，他很骄傲，也很感激，倘不是他们，接纳进三人行，就连目下这一点发挥也没有了。现在，他们的出行，变两人为三人。随在那两个身后，不是跟不上，而是自觉地退一步，看着他们的背影。同学的手臂张得更开，马上要飞起来。女生飞起来的是裙裾，还有齐肩的黑发。再加上海鸟，羽翼缭乱眼睛，热辣辣的。

有一晚，他们忘了时间，埋头在工作里。忽然，教室的门推开，阿姆进来了。他的心怦怦乱跳，不知道阿姆又会骂出什么不堪的言语。不曾想到，阿姆没有出声，目光扫视三人一遍，停一停，退出门去。那两个愕然相觑，他则埋下头，匆匆收拾起东西，来不及告辞一声，跟上阿姆。昏暗的星光下，阿姆快步走着，他不敢走前，又不敢落后，母子俩一前一后走过无人的街道，走进家，那小小的临街的一间屋。前面是阿姆的货摊，后面的余地相当局促，但还是隔给他三十呎，白天收起床铺，作书房，夜里放下，是卧室，他就有了个小世界。隔着板壁，听到阿姆上床，关灯，摇动蒲扇。他不敢出大气，心中惶惶的，听蒲扇越摇越慢，渐渐止息，一夜平安。早上起来，阿姆的脸色很平静，方才知道，事情过去了。要过些时候，阿姆方才对这一晚的印象发言，大大地惊他一跳。但事实证明阿姆的洞察力，超人一等。

这一段狂飙岁月，将他们闲暇时读的书，全用上了。法国大革命，俄国民粹运动，三民主义，五四新文学，中共"九评"，毛泽东"我的一张大字报"……

不分先后排序，一股脑进入年轻头脑的思想，一股脑化作行动，冒失的，鲁勇的，一往无前，再一股脑闯下穷祸。可是，青春要不是这样的，便是虚度，就像没有长大就老了。历史很快完成一个循环的周期，犹如风暴袭来迅雷不及掩耳，转瞬间大潮退去。市面恢复秩序，港督政令顺达，学生们回到课堂上，继续学业，为弥补荒废的功课，比之前加倍克勤。当然，事情并非说完就完，法制社会必将体现威权。体恤他们学生，正当成熟和未成熟之间，不至于入监，但相应的处置是免不了的。运动积极分子中，同学受罚最重，开除学籍；女生虽被允许在读，但终究升学失利，上了一所两年制会计学校；他呢，学校迟迟不授予毕业证书，似乎犹豫着不知如何发送才好，从严心有不忍，从轻无法向上交代。所有在港的爱国学校均受到政府挤压，面临存亡大计，一时难以顾及，于是便搁置起来。

　　后来回想起来，这段日子颇有一番喜剧性，在当时可是煎熬。先是阿姆怕他出事，在阿姆的经验里，所谓出事，无非是想不开寻短见。因此，亦步亦趋，他走到哪，就跟到哪。凡高兴与不高兴，他都爱往海边去，这就更令人紧张，不敢离开眼睛。阿姆这样一个女人，从命运中练出来一派强悍，太不合这意境。

她哪里管这些，跟着不说，还要喊他。他就想起幼年时偷渡的大木船上，被压在人底下，阿姆在上头踩来踩去地喊他，又辛酸又厌烦，还有一种滑稽。后来，他不出门了，日日将自己关在他的三十呎里，可是，很快就关不住了，因为阿姆要出门。出门去哪里？去学校！想不到会闹什么事，他又喊不住，只得跟着去，就变成他跟她。

阿姆熟门熟路，径直走进校长办公室，叱问为什么不让毕业，我的仔——他倚在门边墙上，听阿姆说出这几个字，耳生得很，阿姆曾几何时称他作"我的仔"？称他的话有各式各样，记得最牢是"三百番薯丝"的瓜葛，猛听见这昵称，只觉得窘。称过"我的仔"，接下去的是一串溢美之词。阿姆大赞"我的仔"多么乖，文章又好，放在古时，定是状元郎！她呢，就是诰命夫人。他听不下去，可谁能拦得住阿姆？不过，阿姆的策略是多变的，下一回去，便不再作声，坐在校长室的办公桌前。校长亲自奉茶，她看也不看，只喝自带的凉茶。爱国学校的校长都是有普罗思想的，阿姆属他们关怀与救赎的阶层，所以不会说狠话，而是百般哄她。不能说全是阿姆纠缠的结果，也不是一点没有，总之，学校最终发放了毕业证书，鉴定也还看得过去。此时，升学考试已经过去，只能等下一年，他不愿意继续让阿姆供衣食，也对学校生活心生厌倦，就应了一个小报校对的聘用，做工了。之前，同学凭借父亲的人脉，在一艘远洋轮当水手，头一趟出行便是往澳洲。临别前，三人行再聚，就是散伙宴了。三人都喝了酒，酒又都跑到眼睛里，盈盈的，再变成惜别的话，连他都变得滔滔不绝。事先有约似的，没有涉及过往的日子，像是要珍藏，又像不堪回首，更可能是，他们跳跃过少年时代，面临成人社会，那里有着关乎生计的严肃性，过去的都成了闲情。同学饮干最后一杯酒，说道：你们要好好的，等我回来！犹如壮士出行，二度革命即来，事实上，此一时，彼一时。借"你们"的复数，通一己私心，那女生不时低下头，避开那一双热辣辣的眼睛。他向以为他们是一对，郎才女貌。女生虽称不上绝色，但在广东籍为众的本港，江南女子的白皙肤色和细致眉眼，亦有一番过人。而自己，总是处于陪衬的位置，一方面是守分，另方面，人在事外，从容地看与听，乐趣并不比当事人少呢！

有一日，下夜班回家，新人多是排在夜班，阿姆还没睡，告诉说女生来找过他。他"哦"一声便去冲凉就寝，阿姆还不睡，走到床跟前，说，"男追女，一重山；女追男，一层纸"。他瞌睡得很，勉强睁眼，看着阿姆的脸，不知发生什么。阿姆将一封信丢在他身上，自去睡了。睡意退去些，他拆开信，竟然是一封情书，抬头是女生的名字，落款则是出海的同学。他懵懂着，不知道两人间的私信为何落在他手里。阿姆方才的话又响了一遍，他有些糊涂，又有些明白。糊涂和明白中，夜班的困乏跑走，彻底清醒过来。他终于懂得女生的用心，可是，阿姆又从哪里悟出？她不认识字，也不认识那女生。待事情进到下聘阶段，阿姆娓娓地道来，那晚闯去学校，见灯底下他们这三人，就断定其中必成一对，这一对非别人，而是他和她。问为什么？阿姆说：世上人都看得见；问世上人是谁？阿姆说：所有人；问有没有他自己，回答有三个字：灯下黑！

他与女生之间，自然而然，仿佛已经认识一百年，再无隔阂。"电灯泡"有"电灯泡"的优势，浑然不觉中，培养出了解和好感。回想起来，发现早有交集。一并听那同学宣讲，接受教育；继而被指使工作，交代任务；然后同去执行，再行汇报。他是领袖型人物，而他们，忠诚，谦逊，崇拜精英，是他的大众。他伴在两位身边，作他们的障眼法，事实上，是给自己作了障眼法。再看笔下的文章，不都是写给一个人的？吟风颂月述的是温柔心，战斗檄文唱的是激情歌。本来这一个人不知在哪里，现在知道了，就是她！原来，他想，早就有这个人了，却不自知，是事态朦胧，还因为羞怯。许多事都被"羞怯"两个字耽误，要不是有阿姆，帮他挽回败局，人生将是另一番面目。从恋爱一路到婚姻，途中有一个关隘，有点难住他，就是同学。甜蜜中的苦涩，是愧疚又是窘。阿姆看出他的忧虑，阿姆就像先知，什么都知道。手里摇着蒲扇，眼睛定定对着前方，说道，同学是走四方的人，抛得下父母妻仔！他未及追问为什么，阿姆接着说，同学与他阿爹有同样的相，双耳紧贴后脑，前额有一对鼓，这种生相，走遍天下有人帮！他与同学相处多年，不曾留意这两点，阿姆只一眼就全看见了。更让他吃惊的是，阿姆提到"阿爹"这个人，虽然因为寻他才到的香港，可连一张相片也未留下，他从来不去想象"阿爹"的生相，仿佛是一个没有实体的人。阿姆的话打开一扇门，放他走出情义的囚禁，释然了。

他们先是和同学写一封信，因斟酌字句，延宕下来。婚期日益临近，最后放弃写信，代之以一张婚柬作告知。想不到，同学竟然出现在喜宴上，加盟迎亲兄弟团。海上生活与体力劳作使他更加结实，皮肤是古铜色，双臂伸开，几个小孩攀住了打秋千，他再慢慢抬起来，举座皆惊。送亲姐妹团有好几位向他传递眼风，他则兵来将挡，水来土壅，迎拒自如。显而易见，已在风月场上有过历练。想一想，那远洋轮一出几万里，停航码头多少流萤，滋润着漂泊的身体和心。女生选择这一个，不选那一个，也是先知先觉。他逐渐明白，不只是阿姆，还有现在的妻子，女人大多有特殊的感知能力，这既带给他好运，也带来烦恼。总之，过去和将来，他都要与这种异能纠缠不清，最后败倒。

虽然是阿姆热情支持的婚姻，但婆媳关系跑不脱传统窠臼，龃龉是免不了的，夹板气是免不了的，非此即彼的两难选择亦免不了。日常生活的筛选相当可怕，漏去的都是好处，留下的且是坏处，因好总是细腻的，坏呢，突出、尖锐和粗糙。阿姆本就是个强人，否则的话怎能够单枪匹马，带他到今天；妻子渐渐地也显现出强来，为他所料不及。两个强人都怨他软弱，他不只软弱，更是亏负，亏负她们的恩情。阿姆赐予的毋庸说了，妻子，赐予他爱，还有子息。妻子给他生儿子，不是一个，是三个，他很高兴不是女儿，而是儿子，要不，他就又多了债主，并且三个。千真万确，女性是他天然的债主，他生来就是为还报她们的施舍。有时候，当他独自一人，安静下来，对比双方的能量——他从来不评判是非，倘要评判是非，那么一定是她们都对，就是他错，所以，他只以强弱论。

从本性说，阿姆强，妻子尚有几分温柔；从遭际看，阿姆受的苦多，磨砺也更大，妻子基本顺遂，家境不算富足，温饱还是有的，可算在和谐环境中长大，但这种和谐却在婚后被颠覆，于是崛起，所以，就这项说，妻子的个性是被阿姆激发起来的，当然，他忽略一点，三人行是因她主动，才有结果，更可能是潜在的力量型人格；人间事物其实受天意造化主宰，某一方能量上升到倾斜失衡，另一方亦会反弹，水涨船高似的，于是，对峙就保持住了。妻子本是后起，又需服从于长幼尊卑，地位就在下风，然而，一径生下三个儿子，气焰步步高升。自从生产以后，不知是荷尔蒙缘故，或者心理变化，妻子说话声音粗壮，腰腿圆出一周，脸也宽出一指，原先那个温婉的女生藏到芯子里，看不见了。现在，她们势均力敌，平起平坐。他作着评估，现实的烦恼变得抽象了，生出哲学的理趣，又不纯是思辨性的，还有一种温馨，来自于亲缘。一旦她们出现，争端挑起来，好心情烟消云灭，只觉得人生是一场折磨。

　　后来他与妻子分手，完全是另外的缘由。其时，阿姆已经过生，或者说，他拖延到阿姆过生，方才签署同意书。事实上，婆媳生怨，日积月累，终究消耗了夫妻的亲密。妻子离去，他心中是有遗憾的，本来，阿姆不在了，也许他们间的罅隙有机会弥合，可是，冷淡了的夫妻，再度热情起来的可能几近于无。不如好合好散，换一种缘分。

阿姆过生，妻子离婚，三个儿子都成年，只有小的还在读书，费用他包，跟母亲住。所以，房子是归妻子。他净身出户，倒也清静。经过这一段冗杂的世事，他对自由生出新的认识。一切善后处理完毕，头一项要做的事，就是看望生母。

二

三岁跟了阿姆，对生家没有记忆，前面说了，因阿姆时时提及三百番薯丝，知道是个贫家。可阿姆也不是富家，放眼都是一片穷，所以，又像是记得似的。无论闽南故里，或新填地街，那多子女的一户一户，都是生家的照相。阿姆与他生母，是一个娘家村人，溯远去，连得上亲攀，断不绝音信。他又有心，很会猜，渐渐就将那些鳞爪拼起来龙去脉。生父过生，与他头生子落地同一年，他虽不信佛，暗地也觉得有因缘。他知道家中连他共三兄弟，他也有三个儿子，不同的是，他有一个姐姐。心里就相信，如果与太太不生隙，也会得一女儿。关于这姐姐，有一桩事他从未和阿姆说过，就是他们姐弟曾经见面。八十年代中，大陆经济改革，香港近边的保安镇开发新区，立市为深圳，姐姐从深圳入香港，在一家车衣厂做工，联络到他。接起电话，他倒也不吃惊，仿佛早在等待的一日终于来临。那是八月的下午，出地铁口，搭乘小巴，需越过一个隧道口。汽车的尾气汹涌而出，烈日当头，满耳发动机的轰鸣，地面在脚下震颤。他先是虚脱，热极了，却不出汗，手脚冰凉。喝下一瓶水，并无缓解，反增添一项，尿急。眼前一片白炽，不知往哪里找厕所，就在隧道内侧的影地，面壁方便。倏忽间回到穷破的山村，变成极小极小、光屁股的小孩。撒过一泡尿，身上轻松了，手心脚心有一股热上来，汗如雨下，眼睛里则是泪，糊住视线。他哽咽着，一步高一步低走到小巴停靠站点，上了车。炎热的午后，极少有人出门，车上只他一个，等一时，还是他一个，便开动了。走一站，停下开门，没有人上来，再关门，上路。司机似乎盹着了，整个香港都让午眠魇住，只有他一个人在哭。

他和姐姐约在荃湾西一家茶餐厅，小巴上的激动平息了。面前的这个妇人，看上去像阿姆的年纪，穿的甚至比阿姆老气,神情却很沉着。两人有一时无语,轮换替对方斟茶,偶尔抬眼,对看一下,又避开。停一会儿,冷气将热汗收干,他问:母亲——这是经过考虑决定的称呼,母亲好吗?他问。姐姐说:阿姆让我看你。他注意到姐姐用的称谓是"阿姆",而他已经有了一个"阿姆"了。他将带来的东西提到桌上,推过去:代我向母亲请安。姐姐说声:太见外了!他说:自己人!答非所问中完成开场白,双方吐出一口气,攀谈下去,以往绰约的耳闻此时浮出水面,展开眼前。两个哥哥都在原籍,靠山吃山,靠水吃水。一个经营茶业,一个养殖蚝田,吃苦是吃苦,回报却相当可观。托邓小平的福——姐姐说,靠到椅背,眼睛看向他,头一回正视这个弟弟。然后说起自己,嫁的人恰是广东保安镇上,开摩托车行,所以,她才可越境到香港做工,月薪抵得过内陆人十倍以上。虽然做得苦,可他们从来都是苦做苦吃的人,下一代则可换一种命,一个个读书升学,习商习医。看面前的女人滔滔不绝,他渐渐明白,表面是认亲,实质上呢,是通告,他们虽然留在苦海,但凭着一己之力,也挣出头来了。原来,兄姐们并不以为他可怜,反是艳羡的,说不定会问母亲,他们的阿姆,为什么是他,而不是他们中间的一个?最后,姐姐终于沉寂下来,店外面的炎日略微软弱,他买了单,站起身,将来——他说,口气有点犹豫,因为不知道什么时候是"将来",他口吃起来——将来,我养母亲。姐姐依然坐着,靠在椅背,从下往上看这个男人。金丝边的眼镜,淡紫色细条纹衬衫,束在米黄卡其西裤里,系棕色牛皮带,腕上是同色的表带,面容清爽,看不出年龄,只是发顶已见稀疏。中环的群楼底下,匆匆来去的都是这样的男人,那是另一个香港。姐姐的表情颓唐下去,他不敢看她,转身离开。

之后,他再没接到来自生家的音信,他也忘记向姐姐作出的承诺,即便不忘记又如何?职场和家室,都近似春秋大战,连他生来直正的秉性,免不了也要动机窍,走曲线。又值时事震荡,英女皇访中国北京,谈定九七回归,人心惶惶,亦是喜,亦是疑。喜的是,家国同体,名实合一;疑的是百年隔离,水乳能否交融。一时掀起移民热潮,资产企业也相继流出去,股市一路下跌。乱过一阵,忽又平靖下来,大陆政府援手救场,股市反转,出去的人又回来,仿佛什么事都不曾发生,舞照跳,马照跑。人类是最能随机应变的物种,否则怎能在生物进化中取胜,居万灵之首。他从爱国中学毕业,就好比定了终身,一直在大陆背景的公司做事。薪金菲薄一些,好处在于这类机构不似英皇体制内讲求学历。随着港人受教育程度提高，学历的迫势日益进逼，这些年公司招聘的新人，多有硕士博士，甚至牛津剑桥。好在他已立稳脚跟，到中上层，下是下不来，上呢，空间也有限。他本无大的野心，但求无过无错，按时退休，凭他的年资，可得养老金还算可观，就算是功德圆满。九七回归，使他暗中生出些微期许，说不定，说不定呢，会有新天地。他悄然写下一些文字，有多少日子了，他没有写工作以外的字句，那还是少年旧习，禁不住害羞，但又感动。往昔的激情岁月回到眼前，心中都怀疑，是从那里过来的吗？当年的三人行，两个成为身边人，亲昵和龃龉将他们磨砺成另外的人形，那一个雄心不减，却是另一番抱负。同学他弃政从商，从贸易到实业，遍地开花。九七回归典礼，电视中可见他的身影，属爱国爱港人士。电视机里播放国歌，镜头从一行行人脸上摇过，他与太太都不看，走来走去，各自忙碌。彼此不知道想什么，又都知道想什么。一个想，当初选择若不是这个而是那个，当会如何；另一个想，无论爱国还是爱港，都要凭实力说话。

　　生活沿既定的轨道行进，历史其实是在常态下转折的。当年的反英抗暴，烽火四起，香港仍然完成一百年借约，如今，人事依旧，却翻开另一页。他收起纸笔，继续朝向养老金的终极目标，日复一日。这年他五十岁，距那目标尚有一段路途，而通货膨胀加剧，仿佛要将股市里的盈利吸尽，养老金变得微不足道，他开始投资房产。第一套房屋的租金还下一套按揭，下一套租金还第三套按揭，租金和按揭的差异所得竟超过月薪。这一项财政计划应归功太太，毕业于会计学校的女生，先在一所会计事务所做客服，又为客户推荐到银行，从低阶升到中层，再到襄理。上海人天性里的精细缜密，特别合适银行业，她的收入早已经超出他，国际资本进出口岸的香港，这一行也比他的有前景。所以，三次生育她都没有放弃职场，三个孩子由阿姆人工哺乳长大，亦都长得不错，也和阿婆很亲，多少平衡婆媳对峙。要不，这一家的强弱就太偏倚一侧了。

如此，日子有一时的安宁。第一套的房贷临到末梢，即将纯收入租金，第二套也在中段，第三套平稳起步，却得有机会出手，亦可兑现，作下一轮投资计划。顺遂往往迷惑头脑，也是急于贡献家庭，向来保守的他忽然奋勇起来，售卖的款项尚未到账，便欲下定金购进新楼。其时，形势已经有转，百业都趋下滑。太太入行金融业多年，谙得其中虚实，所谓不测风云其实都在有测，于是，人退我进，人进我守，看起来反其道行之,其实是有预见,盈时望亏,亏时望盈。他只看见表面,哪里懂得内中机枢,就也照虎画猫,依葫芦画瓢。太太本觉得不妥,试着劝退,但没拗过来。先生一改优柔寡断,变得果决,这不正是她希望的那样?他一生平庸,向晚时分,说不定有所建树,亦可享一回清福,便由着他去。然而,就在此时,亚洲金融风暴袭来,房价骤落,租售均降,贷款则不减分厘,于是,入不敷出,转盈为亏。一念之差,胜败两隔,赔进一生的积蓄。

紧接着,太太的离婚律师函发来了。俗谚道:夫妻本是同林鸟,大难临头各自飞。另一种说法则是,夫妻共患难易,同享乐难。回顾婚姻,他们既没经过大的患难,也不曾有大的享乐,而平常的日子里,堆垒起的怨艾早就分离他们,只不过借这一时作由头。他知道,太太对自己失望已久,事业和经济上的后进是一条,婆媳对决中立场暧昧是又一条,还有一条,也许是双方都不意识的,就是人届中年,难免会对所有的人和事生厌。这一封律师函有要挟,又有负气。他没有签署同意,说辞,也是事实是,阿姆病在床上,他不想让阿姆看见家庭破裂。太太也没有逼迫,于是拖延着,两人都抱苟且的心情,也是下不了决心。他们可算是少年夫妻,一路长成,一路将老,像是至亲,却又不全是,在他的身份处境,所谓至亲,都是有隔阂的。有亲无情,有情却无亲,情和亲都是有恩。三个孩子,应为血亲,但为妻母相争,形势复杂,为公平见,他只能采疏离的态度。父子之间本就淡远,如此更生分了。寂寞时,他会遗憾没有女儿,女儿当近昵些,可是,他很怕近呢!近昵意味受恩,他是个负债累累的人,尽其一身图报都不够用。

虽然没有签署离婚协议,两人却都默许了现状,就是似离非离。争吵不再有了,反倒更像路人。自从投资重创,阿姆日渐委顿。阿姆的奋斗史,起点很低,低到地平线下,但却节节向上,所以从来相信天道酬勤。眼看着燕子衔泥,一点一点的垒起顷刻间坍塌,不得不怀疑命里有业障,到头终是竹篮打水一场空。这时节,有多少老迈与软弱的人一蹶不振,跳楼的,烧炭的,服药的,阿姆不会戕残生命,倒不是守什么戒律,只是秉性刚硬,不肯让步。但刚硬同时也易折,人算不如天算,阿姆终于倒下了。

夜里,阿姆睡下,太太进屋,自从儿子在外寄宿,多出一间卧室,他们就分房了。他独自走出家门,乘地铁到天星码头,坐在水泥砌栏。水面幽暗,两边楼宇的灯火熄了一半,渡船离岸,笛声如咽,湿热而味咸的海风迎面吹来,多么忧郁啊!却有一种凄美,使他的愁苦变成诗意。文艺青年的心来拯救他出俗世了，一些伤感的句子涌现在脑海，就像渡船横过水面，拖曳一条浅浪。几颗细小却尖锐的星星钻出云层，罩下一层薄亮，天水间豁朗开来。夜深了，岸边的人不见少，反见多，许多游客，还有恋人，这是不夜的城和不夜的人。他离得很远，仿佛隔岸观火，同时又深陷其中，被垣围住了。

阿姆常说：我要是能够，就自己走到殡葬馆去。这一句狠话，至少做到有一半。前晚上，阿姆将儿子媳妇召到跟前，打开一个小包，里面是金银首饰，款式老旧，成色却很足。她公平分成五份，三个孙子，及他和她，又将他一份归进她的去，说：女人难得很。似乎知道他们要分开，又似乎劝和。夜里有些不安，叫他起来，要一杯水，上一次厕所，天亮的一觉就没醒来。后事料理完毕，太太取出离婚书，要他签字，他说了半句：阿姆走了——这话像是当阿姆障碍他们的婚姻。她说：你早等着这一天！他等什么？等阿姆走，还是等离婚？夫妻间就是这样，说出口的全是错，错接错得出的是个"对"。最终，他还是签字了，太太，此时已不能称太太，要称前妻，冷笑道：这一回你如愿以偿！他只得苦笑，明明是她要离，却成偿他所愿。内心里却承认有几分被猜中，他真怕了她们，就像钻心虫,又像如来佛的掌心,七十二跟头也翻不出去。房子留给她,这是金融风暴中保存下来的唯一家财,他自去租房住,这是劫后余生的又一项,工资。如此分配,算是她得大头,他得小头。就这样,因没有致富的规划,就也够花销,一个人能有多少吃用?只是退休或要推延,因养老金是笔死钱,多做几年多有几年收入。厘清这些,就交代完了前半生,事实上,是大半生,剩下的日子,数也数得出来,说是余生,他倒有重新起头的心情。这时候,他想起生母。

他联络姐姐不如姐姐联络他的顺利,电话打过去,回说没有此人。专跑一趟深圳,寻到姐夫的修车行,亦关门歇业,几番问询无果,悻悻然而归。通勤车上听来,金融风暴不仅没有危及大陆,而且新政更趋前进,闽南闽北开发经济,就有人往那里闯事业。因此,换一条路线,从阿姆的故旧入手,倒得来不少消息。原来阿姆对生家,断续有接济,生父去世,还代他汇过一个白包。听见这些,就知道寻亲认亲,阿姆不会怪他,心里释然很多。记下地址,下一个周日就上路了。

生母健在,身子骨缩得很小,坐在一张藤条椅里,眼睛从幽深处看向他,无喜亦无悲。细打量,脸庞并不见老,还不似姐姐的有沧桑。也许到了某种境界,时间停滞，超然物我。他喊了声"阿姆"，此阿姆非彼阿姆，然后跪到地上磕头。阿姆的身子动了动，问出一句：抱孙无有？这一声问得他汗流如注，回说：还无。椅上的阿姆坐回去，身形流露出鄙夷的表情。身旁的姐姐替他注解道：头一个男在外国读书，第二个也往外国去了，第三个留在身边。实情是老大已经读完回来，老二将去未去，第三个则在他母亲身边，他已成孤家寡人。阿姆竖起五个手指，摇动着，是指他的年龄。他点头说是，十分惭愧，因无抱孙，又无成就，且还不知母亲高寿几何。母子二人，暌违几十年，如今相对，几句来去，要说的就都说了。余下便是见兄嫂，认侄甥。满满站了一地的人，很快他就不记得谁是谁，只能从年龄分辨出平辈和晚辈，还有第三代——抱在手上，挤在腿缝里，睁着晶亮的小眼睛，一个四世同堂的大家庭。然而，他也看出，母亲是独居，因房屋老旧，左邻右舍全是新起的楼房，塑钢窗，马赛克墙面，琉璃瓦斜坡屋顶。中午时，全体转移大哥家，大理石地坪的厅堂，摆了三大桌，除自家人，还请几位陪客，村长，组长，厂长，还有镇长。续起来也是族亲，冠一个姓。镇长与他推让上座，来回几度，最后以年纪论，镇长方才入首位，他退左手，就挨母亲坐，负责为老人家布菜。餐中，母亲又问他一遍"抱孙无有",仿佛将刚才的问答忘了,也可见出对这项的重视。除此,再无多话,难免有近在咫尺远在天涯的心情。很快,他被桌上人拉进谈话,被释放似的,有一种轻松。

谈话是关于经济的新政,对个体创业进一步放宽准入。闽广两地原本有地貌差异,前者多山,后者平原,又近香港,钱物流动活跃,于是贫富两分。后来深圳特区开发,如虎添翼,突飞猛进,闽地落后更甚,好比新社会和旧社会,桌上人说。现在好了,皇恩普降——这里人说话真像是旧社会,旧社会里的旧戏文。这天是观音诞日,县乡都开社戏,于是,他又被拉到姐姐姐夫摩托车行所在镇里,直接上到一家酒楼,可俯瞰广场上的戏台。所谓广场,不过是两条街相交处的一个路口,临时砌起水泥台子,两边用毛竹搭起棚屋,作演员换装的后台。台顶上悬一排灯,灯下人红装绿裹,咿呀吟哦声里,有一支胡琴特别高亢尖锐,穿透过来。四下里一片暗,暗里人潮涌动,一会儿聚起,一会儿散开,与戏台上的活动无甚干系似的。

这一宴出席人全是镇上官员,亲属只有姐姐姐夫,谈的还是改革的题目。到底高一级行政区域,又是公家人,胸襟就要开阔许多,词汇也更现代,筑巢引凤、招商引资、制造业、房地产、外贸、内需,等等。他插不进话去，沉静着，举座又都站起，共同向他敬酒。从高阶到低阶，一人一轮，叫作"打通关"，终于结束，姐姐又暗示他也要回敬，于是，再一轮"打通关"。他不善饮，平时酒局也不多，没经过磨砺，不会虚应，而是实打实，统统下肚，不到中途已经醉了。幸好他醉态不坏，只是开心话多，满面春风。下半席上就尽是他说众人听，左一声"血浓于水"，右一声"月是故乡明，人是故土亲"，第三句是全篇贺知章的还乡诗，从"少小离家老大回"到"笑问客从何处来"，声声回首，念念旧情，相比桌上人的新辞，他仿佛是个古人。心轻快地跳着，身子几乎要飞起来。席散时，被众人簇拥，走过酒楼的回廊，底下戏台变成火柴匣大小的一洞天地，浮在深灰色的人潮上，手拉着贴身的那个人，嘴里无休无止："床前明月光，疑似地上霜"。

这一晚，他睡在姐姐家里，醒来天已大亮，窗下传来汽车喇叭，还有水龙头打开，扫射的声音。探头看见姐姐踩胶皮靴，系胶皮围裙，举一柄水管洗车。所谓车行，包括修理、配件和洗车。这一间二层水泥预制楼板房，占地约六百呎，上层居家，下层店铺，如此分割，就逼仄得很。从狭窄的直梯下去，站在门前，往四面看。白日里，夜的遮蔽揭去，灯光熄灭，见出街镇的小和灰暗。山脉挡住视线，地面高低不平，这里那里矗立着水泥板的楼房。一条公路笔直穿过，带来了现代化，却显得粗暴。姐姐说中午镇里还有请，他却再不想看见那些人。清醒中，意识到他们的期望，而自己爱莫能助。他只是一个职员，领取薪俸度日，方才经历破产——倘若那么一点资财也够得上"破产"两个字。他草草吃过早饭，乘姐夫摩托车的后座，驱往县城长途车站。临上路，他重申多年前的承诺，"我养母亲"，口气是肯定的，因为"将来"已成"现在"。

隔离了的情缘，即便血亲，也不那么容易弥合。心里头，他还是将阿姆当亲的，母亲则是疏。但是，一次还乡到底走通关卡，自此，他就有了几门亲戚，为循环往复的生活，增添额外的内容。之后不久，他又回去了，总有镇甚至县上的官员宴请，应对较前自如，或多或少得些放纵的乐趣。县城开发新楼盘，专面向侨属，他参加看楼团，乘着大巴去参观。带领的小姑娘，穿一身职业装，完全脱去村气，与香港小姐无大异，不禁暗暗惊讶自由经济的力量，一夜间造出新人类。大巴坐得半满，有来自港澳台海外，也有家属代理，由小姐串联，相互递送名片，介绍与自我介绍。走省道，一路过去，几乎工地连工地，不是建房，就是修路。中途有人内急，没有服务站，车阵衔接，停不下来，好容易靠到路边，很危险地斜下路基，停在一堆黄沙旁边。车门打开，一行人鱼贯下来大巴，手牵手穿过汽车长龙。工地上人全停下作业，向经过者远远一指，显然了解他们的急难。沿着指示走去，果见有厕所字样，走进去，只听一片响嚯，宛如夏季里的闷雷，原来是与猪圈兼用。事毕之后，再牵手鱼贯而回，全体捧腹大笑。因都是路人，不过萍水交集，轻松无顾虑，一时间倒热烈起来。窗外穷陋的山水，在南亚空气的氤氲里，变得清远淡泊，近边有鸭寮，棚顶的坡面斜下来，几乎垂地，仿佛觉得行在宋人的画中。

  楼盘已起到一半，无数钢筋刺向空中，起吊机的长臂缓慢地移动，险伶伶的。样板房独立在一侧，走进去，只觉目眩——玻璃，镜子，地砖，大理石，枝形吊灯，家具打着光亮蜡，总之，满满当当，都在发光，内外两个世界。他倒无所谓这些，工程总是粗粝的，样板房也总是过度装饰，他注意的是楼距宽阔，可看见远山一抹青黛，视野相当开朗。最令他动心的则是楼价，只在港岛百分之几，附带许多优惠，赠送洁具厨具，底层是空地，顶层是楼顶平台，还可代办城镇户口，一室户一人，两室户两人，三室户四人。从投资考虑，他是香港人，人称经济动物，不可能不想到投资，价值空间亦有余裕。楼盘距县城五公里，距厦门十公里，一路的土木建设就可看出，城市正急剧扩张。他在心里迅速算出一笔账，十年期的还贷，每月支出微乎其微，主要是那一笔头款。他有一些积蓄，净身出户，从零起家，一月一月的余钱，在港岛，买一只钻表都不够，可用在此项，却不容小觑。差额部分可以借，他想到那同学，这一小笔借款，只要他张嘴，立马就到手。张嘴的为难又恰在于少，而不在多。这点数目都周转不灵，显得很潦倒。这就是香港的人生。总之，他决定了，要替母亲买一间楼，兑现赡养的承诺，同时呢，也是为家乡经济增幅作绵薄贡献。

回到香港，即电话邀约同学，同学也刚从内地老家回来。这时节，香港大陆通勤活跃，来的多，去的也多。两人在尖沙咀一家广东饭馆餐聚，依谁主张谁买单原则，由他做东。同学也不见外，只说这一向在大陆吃得过饱，胃口不怎么样，所以，无须点多，几件盅品就可。于是，三件盅品，外加两件点心，一瓶酒。中途同学忽想起问道：有什么事吗？他摇手说没事，谈谈天，大家不都回老家，有见闻。餐毕时，同学又问：到底有事吗？他还是摇手，说没有。同学是个爽利人，性情难免粗疏，真以为没事，不再问了。于是，这一餐，钱没借到，餐费倒付出不小的一笔，盅品是比较贵的。借钱不成，买楼便搁下了，其间售楼小姐打过几个电话，问，买不买？这话问得直接，露出大陆妹朴直的本色。他说还需考虑，买楼嘛，不比买白菜萝卜！后一句说得俏皮，他其实也是有风趣的，被生活压抑，现在开始露出水面。

买楼的计划延宕了一阵，小姐的电话稀疏下来。他想过向前妻借钱，但更不好开口，难免有推翻协议索讨前账的嫌疑，所以又止住了。倒是前妻自己揣度出来一点端倪，听儿子说过他回原籍认亲。他与儿子两周一回晤面，并不在家，而是择一间餐馆或者酒廊，酌饮一番。每见儿子，都觉长大成熟，以致多年父子成兄弟，交流渐渐深入。某次从原籍回来，说起看楼经历，以及小姐敦促，儿子说：醉翁之意不在酒吧！他说：谁是醉翁？儿子笑：两者皆是！他哈哈大笑。看起来，家庭真是个藩篱，拆除之后，成员们都自由自在，反比往日相谐。夫妻极亲密的时候——如今想起恍如隔世，小儿女间的密语，真出于二人之口吗？但又确凿无疑，是一个真实的梦。他曾告诉认亲的心愿，发誓回报生身之恩，她劝慰，不在此时，即在彼时。现在，时候到了，一个净身出户的人，纵有图报之心，何来余力？她自知气头上离异，盘剥太苛，但却不甘退步，一直撑持着，也是那句话，不在此时，即在彼时。

这一日，前妻忽来电要见面，他说了一个地点，前妻则要去他居所。他从来拗不过她，只得应许。提前一刻钟，到轻铁站等候。星期日的午后，人车比平时稀少，铁轨依山势蜿蜒，石壁上野花扶疏，日光透进来，镶上金银边，亮闪闪的。为节省租金，他就在屯门天水围赁下一小单元，虽然远和偏，但幽静，是现代的桃花源。他在无人的站台上踱步，来一列车，没有她的身影，他也不急躁，心情是清明的。又有一列车到，下来几个人，没有她。约定的时间已过去一刻钟，这一刻钟里有她的怨艾，是在罚他呢，他不委屈，反而欣慰。他不再计算时间，暗中还希望等待延续下去。轻铁列车从山崖后面探出，向这边滑行，石壁上的花草都在摇曳，日光四溅，铁轨发出叮当撞击声。终于，车门口下来她。十一月的西下的太阳里，她的人仿佛透明，本来就比闽广人白皙，如今发福了，几近吹弹得破。这是离异后第一次见她，没变，又有变。她大约也是这么想，只是更直率，说：头发怎么没了！他惭愧地避开对方的直视，心里嘀咕：堪称肥婆一个！事实上，他并非全秃，她也离肥婆甚远。两人多少是窘的，移开目光，并肩往他的租处去。一些时光在二人间倏忽过去，回不来了。

走入小区，再进楼厅，上电梯，过走廊，然后推门。与外部的阔大华丽相比,房间显得格外逼仄,一方门厅,直对卧室,只三步深,一张沙发床几乎挂在墙上。被他收拾得极干净,无任何赘物,也更见出寒素。环顾一周,挑剔的苛责的目光,他不禁瑟缩起来。她在沙发,他则隔一张桌的椅上,面壁坐着,壁上是儿子们戴学士帽的照片,还有阿姆的照片,没有她,也没有他自己。有一阵子没说话,时间在静默里流去。唯至亲才可无话,或者就是极疏的人了。他想找一些话来,却被她抢先,他总是慢她半拍,她说:为你想,亦是过于拮据,可是,并无人有欠你。这话十分突兀,但又十分恰当,他点头说是,被她止住:有一条路,可供你走。什么路?他动心一下,抬头看她。她冷笑道:自己不会想!于是又羞惭地垂下头,过去,现在,将来,她总让他羞惭。她接着说:即便会想,未必能做。这句话将他点穿了,他确实想过,比如找老同学,却没有做成。这回轮到他笑,是苦笑。停一停,前妻和缓口气:我借你!他愈加苦笑:我拿什么还?前妻说:既我借你,就要保证你有得还!这话说得很职业,就像在与客户建议。他抬起头,看着壁上家人的照片,注意力却在耳畔。时间倒流,又回到过去的日子,她教导,他聆听。教导者的声音响脆,有理,又有办法。

前妻的办法是,她借他一笔款项,指定去买几样股票，然后指定几时抛售，所得盈余他得，本金完璧归赵，还她。他听了觉得极好，提出应按银行存储利率付她，她说不必。一言定音，他不敢驳。又提出立字据，前妻又说不必，再一言定音，不敢驳。她遂笑道：不怕你赖账！他说：哪里敢！前妻看他一眼，诧异有新变化，变得会揶揄。他脸上有一点笑影，才发觉丰润了，显得年轻，并不与年轻时样貌接近，反而更远，成另一个人。

就这样，按前妻策略调停，他从复苏的股市赚一笔，付开发区新楼一套两居室头款还有余，就交于姐姐，聊补母亲衣食用度。产证所有人写母亲与他的名字，将来，那是较近前的将来，他至少可以主持房产的分配。其时，他也到养老的年纪了。自此，售楼小姐的电话又接续上，似乎有一就有二，期待下一笔生意成交。

三

同样的原则，有一就有二。这一回与前妻交割之后，不出月余，又有一次晤面。是她邀他，因要卖老屋，让他去收拾旧物，多是阿姆留下，也有他自己的。去到那里，东西已经打理成纸箱，但还是多留半日，共同吃了午餐。房屋老旧，又是人去楼空的景象，唤起都是颓唐的记忆：婆媳龃龉，投资失败，职场劳顿，经济局促。所以，并没有想象中的伤感。

叫了一辆计程车，装上他的东西，先送前妻，就知道她的住所。是买下的新居，大的住出去，二的在美国，小的住校，所以也是一卧一厅，却要华丽与现代，有海景。海景于香港人，是身份的象征。又有月余，前妻忽到他的公司，说要出差，请他帮助灌溉盆栽，专送钥匙来的。归还钥匙时，前妻没接受，反而索去他住处的，说他要是出门，她亦可照顾他的房屋。他的起居十分简单，没什么可照顾的，出于礼尚往来，他还是交出了钥匙。他从来习惯服从，这是他与她之间一贯的模式，追溯起源，不都是她引领，他跟随！

如此，这一对离异的夫妻开始走动。老二博士学成，一家人前往毕业典礼，顺便旅行美国东西海岸。住酒店，他们定一个大套间，他和儿子们各睡里外间，前妻睡客厅的加床。儿子们有意让父母单独相处，坐车一排，行路一对，每到景点，则拍双人照。他们也不抗拒，他还将手放前妻的肩和腰上。这场出游很像是一场实验，实验有没有复合的可能。他是无可无不可,她呢,似有意又似无意。最末一晚,旅行团在一家米其林餐厅晚宴,客人须着正装出席。他们这一家,老少爷们黑西装、白领结,母亲则是唐装一袭,茜红锦缎旗袍,很大胆地启用松绿盘纽和滚边,且是西洋式的色配。洋洋洒洒登场,仿佛黑社会老大和压寨夫人,率一众小弟。新科状元领头向父母敬酒,感谢养育之恩,另两个乘机追击,为爸爸妈妈庆贺钻石婚。他懵懂问,什么叫钻石婚?回答三十年,掐指一算,将离异后的几年数进来,不就三十年?可是,数得进来吗?三个儿子一并起哄:和吧,和吧!他微笑不语,前妻放下酒杯,说道:要是和,那就真是为你们阿婆分的了!这话可解释作担不起恶名,亦可解释别有原因,更可能只是王顾左右而言他。他没有说话,而是,心里陡然一轻松。

他惧怕婚姻,婚姻这一种恩惠,比生恩养恩又有所不同,它包含有情欲的施舍,不啻是人生的奢物,更有传宗的给予。像他这样,出生多余的人——被送养的命运多少有这么一点意思,有延续子嗣的价值吗?他简直在强取豪夺,剥削造物,前债还未清偿,哪敢再续后账?

现在,前妻来他住处已属平常,凡来一次,他亦去一次,犹如回访。如此外交关系,看起来会持续终年,也许就是他们的缘分。都是向晚的年纪,可称之为余生,遭际和心情,趋于尘埃落定,平静下来。同时呢,生活忽然多出许多闲暇,让时间变得丰裕,所以又不觉得余生是匆促的,而是相反,一切尚可从长计议。

自爱国学校毕业以来,一直在大陆背景的报馆从业,薪金较同类型企业要低,但鉴于前面所说学历的缺陷,以年资弥补,亦步亦趋,升到中上层管理部门,所以并不作他想。回归前后,有一阵激荡,大陆派遣人员比例迅速增长,占据主要位置,思想意识总有大不同。尽管他属港地左翼,而大陆改革开局已久,来客多为自由派,毕竟分治一百年,已成两类,就有种种差异。同事们纷纷攘攘辞旧觅新,难免受影响,而且,也有过不错的机会。但他是个念情的人,也是个驯服的人,生活又养成怠惰的习性,最终还是一动不如一静,以不变应万变。如今定下神来,竟四顾茫然,老相识几等于零,后来者居上,活泼泼的,说着朗朗的普通话。他自觉成朽木,又像学校里屡屡通不过升级考的留班生,渐渐生出去意。就在此时,他的一位老友,报业内资深人物,曾在数家报纸开拓文艺类副刊,当年他那些抒情文字,就是在他主持的青年园地刊载,所以堪称师辈,如今得财力支援,独立办一份周报。先在地铁派发,迅疾覆盖全港,然后改周报为日报,改赠送为零售,扩充内容,添加页码,自主印刷发行。于是,招募员工,广纳人才。聘用原则体现出本土实业的传统模式,并非一味求新,而是老少相宜,熟生兼半。就这样,老友,或者说老师,来挖他了,位置是副刊主编,薪酬高原先一半,退休年限推延至七十,到时间视情形还可再议,因老友本人已年近七十,希冀与同时代的人共事。他原是等待退休,颐养天年,然而,不知不觉中,职业的终点有些令他生畏呢!如许多的时间,即便是上下班都不足以充实,他又开始提笔写闲情文章。而且,也是不知不觉中,他的颓唐与倦意退潮了,精力滋生。他非但没有老迈,反越来越健硕。年轻的身体其实是易碎的,因为生机过于蓬勃,激素分泌旺盛,器官赶不及成长。而现在,平衡了。

这年,他五十五岁,按理不是跳槽的时机,可是,他跳槽了。不曾料到的是,并没有预想的伤感和不舍,就像告别老宅时的平静。所以,他,也许是一个斩截的人,认清大势已去,便转身走开,没有回顾之念。本来如此,抑或有新变,总之,气象更迭,呈另一番图景。

表面上看,是依着先后排序,因果关系,本质上却可能同时发生，就和运势有涉。到新公司上班，他换了装束，脱去几十年一贯制的西装领带，穿便服。卡其夹克里一件细格衬衫，下面是棉布西裤，足登牛筋底皮面鞋。斜分的发式也修短，两鬓推上去，台湾说法叫"陆军装"，本地称学生头，是为和衣着相配，也因为发顶稀薄，早不适宜留长。现代模式的报馆，走艺术思想路线，一反传统保守，以示与旧业区别。反映在员工着装，就是轻松、便捷、亲和、大众。除去外部客观理由，在内心，亦暗自期望有嬗变。可不是吗？他陡然后生十岁，甚至二十岁，不止形貌，还是心劲，勃勃然的。下班回到住处，小区里的灯光球场，球在篮板砰砰响，一个球越过铁丝篱笆，落在脚前，他弯腰抄起来，一只手抛过去。

　　副刊是报纸的余兴节目，在边缘地带，连他两个编辑，与文娱部共用一名编务。是同人报刊的性质，用人宁缺毋滥，可保持倾向的一致性。工作量是大，约稿、看稿、集稿的编辑业务之外，作为主编，他还负责审稿、定稿、看大样。加班加点不说，还有许多需要学习的事物。原先的报馆是大工业体制，分工很细，程序都已格式化，他专司一门，差不多和流水线同样。如今却不然，上下左右，交叉错综。换句话，原先空间大，人小；现在空间小，人大。可是他不怕，还很喜欢，封闭的天地忽打开一隅，涌进来多少新人新事，应接不暇。难免犯错误，错误也是令人喜悦的，因为里面有想不到的发现。再说了，这忙乱的全部又都起于一源，就是文章。

文章于他，从来是闲情，然而此时此地，却成正途。那些年轻的投稿人，不多，但还是有，他仿佛看见自己，过去和现在——即便现在，他掌有这些文章的生杀大权，其实，不也依然是个文艺青年！原来，他并不是孤独的，也非过时，就不必害羞躲闪，他可总是害羞躲闪。带着羞怯的心情，他在副刊上开辟一个专栏，多少有些营私，那一颗私心却是真正的文艺心。专栏每周一篇千字文，写什么？写回乡见闻，取题"月是故乡明"。他毕竟不是少年，"为赋新词强说愁"，而是有阅历。只是生性缠绵，叙事就脱不了抒情，终属浪漫一派。

隔段时间，前妻来造访，就要多看他几眼。照顾的名义下，就带有检查的意思了。狭小的衣柜里，陈年的蓝西服闲置着，却多出一套深墨绿细格呢三件式正装，是为出席特别场合量身裁制的。她的手不自觉伸进衣袋摸索一下，空着出来，什么都没有。抽屉里依然是简洁的，合乎他的习惯。卫浴用品都是老款，亦无异常。所谓厨房，不过是贴墙一溜，无一件多余。

床头的书是多了，可他本就是个爱书人。想起同学少年的日子，他造文，她抄写，手下停了一停，再移开。柜上，桌上，纤尘不染，这就是他，还是他。可是，真的是他吗？之后，不等他回访，她又来，明显是飞行检查了。他正在桌前写文章，很像一个好学生，迎接老师严苛的考验。他问有什么事吗？她说没什么事，难道不能来？他听惯她说话，总是负气的，便不说什么。让座，奉茶，叨陪一旁。她问：一个人在家？他不禁诧异起来，说：一个人。她没再说什么，坐一坐，走了。因为常来往，又因为手头正赶下一期稿，就只送到门口，看她进电梯。电梯合闭的一霎，他的门正关上，内外两隔，于是，疑上心头。

从时间上看，前妻心怀疑窦之际，他实是无限清白。换一个方面，以成因论，却已种下端倪。他手下的一名编辑，为女性，其年三十三岁。这个年纪，在婚姻中人，应是年轻，但在未婚，就是大龄，旧时称"老小姐"的，她正是后者。但当今香港社会，单身女性属普遍性，甚至纳入时尚潮流。那中环一带，办公室丽人，受高等教育，衣袂飘兮，神情昂然，令人望而生畏，多侍字阁中。他原先龟缩在壳里，对周围的世界不闻不问，如今眼界一开，才发现，隔绝封锁的几十年内，生长出一族新人类。让他首度领教的，便是他的这一位下属。下属姓陈，英文名劳拉，祖籍广东新会，第一代移民于大战后创下基业，随世界经济腾飞扩张，经营很广，伸延海外，是东南亚排得上名录的富户。富户的历史往往是第一代创业，第二代科商，第三代则兴之所至，学些无用之用。这一位劳拉就是第三代，读的是文学。本港大学四年中文本科，再到英国剑桥修二年英美文学，然后回来，再读个博士，这一回攻的是新闻传媒。家里有钱，她读一辈子书有何妨，一辈子在娘家又有何妨！博士帽戴过不久，就遇新报馆开张，第一批招进来的。所以，论服务本报的资历，她倒在他之先。他本是个谦逊的人，凡决不定的事，都问她，她呢，就敢决定，之后再挪揄一句：到底谁是前辈？他连道：惭愧，惭愧。两人都笑。富养出来的女儿，性子大多直喇喇的，不计较细节。这报社又有一股新风，阶级平等，纲纪宽松，对拘泥的他，真是思想大解放。

有一回，请教完毕，劳拉向他索讨稿劳，吃请一餐，他欣然答应。二人同出办公室，一路过去，劳拉见一人邀一人，到楼下，已是呼啦啦一群，全是青年男女，簇拥他一个"前辈"，来到街上。写字间里的白领，都在这一刻出来打野食，一条轩尼诗道两边的茶餐厅，门口都延起长队。烈日当头，冷气里闭住的热汗，一下子迸发出来，十分爽快。看年轻人说笑打闹，插不进嘴，也不能完全懂得，只觉得高兴。想到自己的儿子，也和他们一样，活泼泼的生命，是他给予的，就有些骄傲起来。他们这一帮终于齐打伙进茶餐厅，又忙着四下拼凑桌椅，挤挤坐成一周。中午供应只是客饭，专服务上班族，于是各点一份，互相交换菜式，他又添买糖水。餐盘从头顶上传送，食客向跑堂叫点单，跑堂向后厨喊菜名，门开门合，进来出去，一片沸腾。餐毕，一众人尾随他到收银台买单，就像多子女的父亲，喂饱黄口小儿，有一种养育的满足。他在很年轻的时候做父亲，被生活压迫，只感到畏惧，错过许多感受，如今好比水落石出。因此，深以为非他犒劳劳拉，而是劳拉犒劳他，给他赏赐。他不知道，这赏赐刚拉开帷幕，将有不期然的剧情上演。

下一周，劳拉说要回请，他欲推辞，却又不舍，就说：你请客，我买单。劳拉说：好！他以为劳拉会像上一回，邀请小伙伴同往，可是，却只有她和他。两人出去大楼，走到街上，还是那一个茶餐厅，挤了一群中学生，白和蓝的校服，有男女分开，视而不见的，亦有混杂一处，谈笑风生。她指给他看，那男女生不说话的是低一级，高一级则故作潇洒，事实上，怀里揣着个兔子，突突跳，看额头上的青春痘就知道。

她又指他看某一桌上，四个男生围绕一个女生，仿佛众星捧月，可是，劳拉说，最后，这几个男生都不会择她作婚配，而是会娶——她略作四顾，向面隅而坐的两个女生一点头：娶她们中的一位。他好奇道：为什么不是那一个？她说：他们怕她！他再问道：为什么不是这两个都选？她说：这是概率。什么概率？他不懂。她笑起来：邂逅的概率呀！四人加二人，六人中有一对结缘，已经超过平均数，称得上传奇。他被她彻底搞糊涂，这些现代闺帏中的秘笈，有理又无理，有情又无情，只是摇头。她更笑，几不可抑。他便问：你呢？是其中哪一个。她收起笑，正色说：先是被怕的一个，再是漏选的一个，然后——然后如何？他追问。然后我选他们！这话说得杀伐斩截，又极天真，像一个宠溺的小孩子，要什么有什么。他笑起来：他们更要怕了！她眼睛看着他：你怕不怕？他说：怕得很！她仰起头哈哈大笑。中学生已经退出餐厅，上下午课去了，涌进新一批食客。他们坐得有点久，站起来，到收银台，由他付账，推门到街上。

　　如此，说话比平时稔熟一步，之后呢，却倒生分了似的。用稿编排有疑虑，原是与她商量，现在稍加思忖，自己决断了。她对他，也收敛态度，有所忌惮。两人都变得小心，生怕有触犯，触犯什么？则是暧昧不明。这种窘态没有随时间消减,反而日益加剧,渐渐地,连平常的对答都少有了。他人在事中,懵懂困惑,周遭人看得明白。同事闲聊,常谈起各自婚姻经验,有成有败,共同的认识是,香港小姐过于独立。教育程度、经济收入、职场地位,已占据压倒之势,民主社会给予她们的馈赠,多少剥夺了男性的福利。幸而,人类历史不是同步发展,而是先后错落,所以,比如,马来西亚小姐,朴素、贤良、温柔,很合华族传统的妇德。虽有地域歧视的嫌疑,但从大处着眼,文化并不以前后进界定价值,不是提倡"和谐"吗?他们又举出一二三,朋友的朋友,熟人的熟人,最终忘记旧日的创痛,过着幸福的生活。

听这些闲篇,他觉得有趣,而且开眼界。在他埋头生计的日子里,世道发生多少变化,都是需要急补的。同事们,稍有几位同龄,更多年少者,却都比他知人事,识时务,不由感叹自己的落伍。谈论到酣畅淋漓,忽听一声——何不妨一试!正想着"一试"为何,又如何"一试",却发现周围眼睛都看向他,又听见一声:我们都没有机会,唯有你——我怎么?他不解道。身处空城!人们说。这才明白,所述理论与实例都为启蒙他,不由张皇失措,转身要跑,被一干人围堵,起哄着。他这才知道民主自由的厉害,人不分长幼，事不分大小，全一锅端。他左冲右突，好不容易脱身，身后传来齐齐的唱喝：钻石王老五，吃饭不用煮，穿衣不用补！歌声中又有艳羡，又有揶揄，他也才知道，还有这么一句流行语：钻石王老五，而自己，样样条件符合，于是，加倍仓皇起来。

回到办公室，直觉得脸红心跳，幸而无人，劳拉外出约谈作者，半个行政在那半边。一个人呆坐，许多片段浮起：劳拉问怕她不怕，同事们的婚姻论，前妻不定时上门搜检，全组合成篇章，题目叫作"钻石王老五"。谁都以为他应该、也必须再娶，可不是吗？人均寿命延长，联合国关于年龄段出台新划分，具体到他，又仿佛倒长回去，越活越后生，又落得单身。情理法与身心健康，再有对社会的负责，不是吗？大龄未婚女性一年一年增长，都要求他进入婚姻。现实的情况，进一步有劳拉，退一步，有马来西亚小姐。可是，他不是刚逃出来吗？丢盔弃甲，狼狈不堪，如今，稍事休憩，方才缓过劲来，千万不能重蹈覆辙，爬起来的地方再跌倒下去。他想起阿姆和她老姊妹们常说的"情蛊"，情人间以放"蛊"盟誓，天涯海角，离人归来，服得解药方可避死。现代社会的离婚制度好比解药，但只是针对文牍，还有无形式的心契，什么又能解蛊？有一句俗话：滴水之恩，涌泉相报。如此,不就是情解情,自解自!他的思想进入怪圈,就像那个"莫比乌斯带",循环往复,不可穷尽。正撕扯不开,推门进来劳拉,面对面,两人都一怔,遂避开视线,这下半日的时间又接续起来。

也许确有心灵感应一说,前妻近来加紧视察,来得频繁。有一回开宗明义:不许背我做下勾当!这话说得无理,他和她不再存瓜葛,各是自由身,做什么"勾当"都无关彼此权益。可他并无背人的企图,又惯常对前妻不抵抗,就以无言作默许。下一回,前妻和缓口气:倘要作规划,必与我商量!他说:无规划。前妻"哼"一声,信又不信的意思。前妻的独断让他想起同事们的话题,关于香港小姐的评论,何止今天的小姐,连他前妻一辈,甚至阿姆,香港已经孕育几代强悍的女性。最近一回,前妻说的是:你有人了!言之凿凿,他心头一紧,脸上一阵绯红。前妻加追道:让我说中!其实是诈他,竟诈出尚未明了的实情。他不禁着恼:无事生非!前妻说:心虚吧。他无从辩起,想笑,笑出来一张哭脸。前妻就点头:狐狸尾巴露出来了。他要哭了,却笑出声来。前妻正色道:你选的人要经过我的眼!他点头称是。两人言语往来,半真半假,倒是久没有过的厮缠。记得起的争端,多是生计之类的严肃题目,都是诚实本分的人,多少缺乏些风趣，就更沉重了。此时，却变得诙谐。

　　与前妻之间是这样，劳拉那边呢？也挑开了。不是她，是她的母亲，约谈了他。半岛酒店的咖啡座，既不隐秘，亦非公开，是现代方式，又是经典空间，可见出会选地方。未到现场，已有些瑟缩。这一位夫人，看上去更像劳拉的长姐，素雅的服饰与妆容，一口流利的普通话，他说自己可以说广东话，她母亲一笑，说在台湾受的教育，可以用普通话交流。似乎有一种照顾的意思，认定他属那边的人，不是爱国学校出身吗？他的普通话如此蹩脚，港人听不懂，北佬亦听不懂，气势便矮下去。心里不安，这位母亲的来意，他其实想得到却不敢想，于是，更加局促。因是到"半岛"来，特地换上三件头洋服，在悠闲的下午茶时间里，四座皆是轻盈的装束，自觉这一身就像房产中介卖楼先生，挣扎在职业生涯的尽头。

　　她母亲先是感谢他一向提携劳拉，他说，没有，没有，是劳拉帮他。母亲笑着，继续往下说，还要吃女儿的坏脾气。他说，还好，还好，劳拉很得家教。母亲接着说：中国人老话，富养女儿贫养儿，一贯娇纵，不想自食苦果，就是任性！他再说：并非，并非。母亲说：所以，先生千万不要当真！这才把话说完，停下来，等他回答。他倒说不出话来，就有好一时的静场。静谧中，回味她母亲的话，不由脊背上下来一层汗，定定神，心里忽然清明起来，也笑了一笑，换作广东话：小孩行事，难免说风是风，说雨是雨，兴头过去，便云开日出，太太切莫担心事。那母亲倒有一怔，也换作广东话：先生真是个明智的人！回到熟惯的母语，不仅说话顺畅，思路也清晰起来。他说：我三个儿子已经成人，与劳拉差不多年纪。说着从袋里摸出皮夹，给那母亲看照片，仿佛出示物证。这动作天真可笑，但也显出老实。三个戴博士帽的男孩从对面女人眼睛流连过去，他接着说：太太的话很有理，富养女儿贫养儿，这就是我的贫养的儿子。说到此，忽然声咽，一阵伤感袭来，自己已是三个有志青年的父亲，却落入今日窘境，不争气啊！他放回照片，将几上的咖啡饮尽，向服务生举手：买单！她母亲忙阻止说，已经买过。他没有再争，想的是女士优先，站起身来。她母亲紧随起身，伸出手，说道：谢谢。他握住了，回谢一声，然后走出咖啡座。

　　酒店前人潮如涌，虽是十月的季候，当头的太阳依然炙热。他暴躁地脱下西服外套，扯去领带，敞开衬衣领口。没有人看他，受英国人一百年调教，都有些维多利亚时代的风度，冷淡的礼貌。他本应当转过街角下地铁，却偏偏随人流越过马路，到对面，顺斜坡上去观景道。这时候,汽笛传入耳中,方才意识来到天星小轮渡口。海水发出白炽的光,有万枚金针上下蹿跳。观景道在水面切出一条影,日头从身后照过来,他甚至辨得出自己的那一个小小的身影,居高临下,孤单得很。坐在水泥台,风吹着脸,渐渐有了凉意,平静下来。空气里裹卷着海水的盐味,礁石暗孔中寄生蟹的动物蛋白的腥气,透露出混沌世界的原始性。填地日益增阔,地上物堆垒,天际线改变,变成几何图形,等到天黑,将大放光芒,此刻还封闭在新型建材的灰白里。汽笛声被夹岸的楼宇山峦吃进去,吐出来的是回声,海湾已成回音壁。这是香港吗?他都不认识了!他似乎身在异处,连自己都脱胎换骨,成另一个人。方才的一幕,是真是假?疑从中来。他摇头,发笑,蹙眉,自语。只有一个小孩子看他,手被大人牵着,跟跄地走,却固执地转着脸,看得他发窘,站起身离开了。

下一日的事情更所料不及。晚上,他差不多已睡下,门被敲响,以为是前妻查访,想她自有钥匙,为何不用。紧急穿衣,顾不及鞋袜,打开两道门,眼面前的人却是另一个,劳拉。这一惊非同小可,不等醒过神,那边已夺门而入。本能地,他跨出一步,站在门外。宾主交换场地,这情形才叫滑稽。劳拉说:你进来!他说:你出来!劳拉再说你进来,他就有些着恼,说:出去谈!劳拉指指他脚下,低头一看,吓一跳,是一双赤脚。说:你出来,我才好进去穿鞋更衣。劳拉听着有理,就跨出门,让他进去。擦肩时一闪身,随即带上门,落下锁。一人在屋里整装,头脑昏昏然的,不知撞着什么邪,要遭遇这些不堪。他一生按部就班,恪守本分,从未有丝毫妄念,如今陷入此局,十分委屈和冤枉。待他一一完毕,开出门去,却无人,心里竟有一种失落。前后看顾,正当反身,却听有一声坏笑,劳拉从防火梯里钻出来。他追过去,劳拉又不见了,正纳闷,另一防火梯里却钻出人来。就这么与他捉迷藏,将他当小孩子耍,他也真变成小孩子,甘心被耍。最后,他对着黑洞洞的防火楼梯喊一声:我回去了!开门的一霎,劳拉忽又出现,不设防间,与他一并挤进去。

所谓门厅,只一步地,两人面对面的,躲也躲不开。两日内,他身心俱疲,这母女二人,一礼一兵,双面夹击,不知什么战术,又要置他于何地!满心求她饶他,出口却很强硬:你要做什么?她回答一句:我选你来了!这话说的,仿佛一道懿旨,又像天女下凡,他一个大俗人,如何消受得起!他转过身从架上的外衣口袋摸出皮夹,展开,送去,被劳拉一手推回:

我不要看你儿子照片！无疑问，母女果有沟通。他合拢皮夹，再找不出一件抵挡的利器，只得垂手低头，任凭发落。劳拉说：人都以为我件件得势，处优养尊，其实历来挫折多多，总是我选人家，人家不选我，我不选人家，人家选我，今天我来最后一试，倘不成，从此绝无此念！本是有些凄楚，被她一说，变得极昂扬，赫然一名烈士，就知道有多骄傲，又有多天真。无限感慨，只答出一句：放过我吧！劳拉静一静。他感觉到对面呼吸，如暖风拂面。好的。劳拉说，然后转身，拉门出去。

一夜无眠。次日上班，头重脚轻。走廊上，人力资源部门，交出来一张纸，劳拉的辞职信，将去加拿大深造，再拿一个学位。

四

劳拉长一张团脸，眼距略宽，平眉下一双单睑长眼，不像南国女子轮廓深。身量也不似粤闽人的瘦小精干，而是高大壮阔，先祖中大约有北地人的血统。一头黑发剪至耳轮，后面推上去，露出颈窝。她的肤色是一种牙白,显得厚润细腻,望过去,有一层光。所以,虽不是通常以为的俊俏,但很照眼,一群人中,最先看见的,总是她。现在,这张脸浮在眼前,不动不笑,掸也掸不去。劳拉的桌子,空了几周,收拾得干净,桌面起着反光。他绕过它,移开目光,那里映着劳拉的倒影,不动不笑。然后,就来了新人,是他的推荐,副刊的一位长期作者,中学语文老师,在大学读一年制的写作专业硕士课程。年近四十,两个孩子的母亲,耗不菲的费用,换这无用的学位,在一个普通收入的家庭,算得上高消费。文学副刊,本就是物质社会的奢侈心,来到这里,就好比回家。

新来的编辑姓顾,因原是老师,又在成熟的年纪,人就称顾老师。顾老师,身穿一件女生校服款式的旗袍,一双白色便鞋,一看就是文艺青年的出身来历,文字取舍也是文艺青年一路。他其实也是,但与劳拉合作,无形中有改变,变得先进,就觉得顾老师的品位迂腐了,难免产生分歧。顾老师的表达方式也是文艺的,委婉曲折,他本来能够听懂,此时却不甚明白了,一径地说:顾老师可以谈谈自己的意见。顾老师分明已经谈了,他还是那一句:谈谈自己的意见!让人以为是存心,闻而不听。顾老师索性回答:没有意见。文艺青年大多是有脾气的,含蓄的脾气。吃一软钉子，略警醒些，知道顾老师真有意见了。于是，第三次说：顾老师可以谈谈自己的意见！这一次几乎有挑衅的意思，顾老师缓缓起身，悄悄移步，退出去。一抬头，人没有了，不禁惘然，他想起劳拉的动静生风。上班是这样，下班回家呢？听见门响，心头一紧，却只是风吹。走廊里的脚步声，也在惊扰他。四下的寂静并不令他安心，而是索然。奇怪的是，随劳拉离去，前妻跟着消失了踪迹，似乎对他放下戒备。这一日与儿子见面，才知道前妻去了上海，旧亲联络，乐不思蜀的样子。这倒提醒他回原籍看老母，于是，下个周末便动身了。

老母所住新区，已经大变样，周围的空地，全起来楼房，多半是高层，第一期的六层公寓，就成盆地。好在楼距尚保持宽阔，至少在香港人看来如此，就不影响日照。小区前开出通衢大道，行道树未及栽种，日头直晒下来，白花花的起烟。道路直上高架，匝口立着房屋中介推销员，大热天捂着西装，举着楼市信息的纸牌，车辆水泄般从他们身边淌过。车辆增加不止十倍二十倍，速度飞快，路面已见出下陷的迹象。两边是低矮的临时建筑，水泥和波纹铁皮的材料，开设各种店铺，衣食住行，供住宅区居民吃喝用度。店铺的空调外机，和着轮胎与地面的摩擦，轰隆隆作响。

他的车停在母亲小区的对面，没有任何信号灯，不知如何越到对面。车流汹涌，无息无止，噪声和炎日让人恍惚，从车缝看过去，那一排小铺子，像一堂布景，布的什么景？新填地街，他差不多要忘记它了，忽然间无比鲜明，而且向纵深发展。铺面后头的库房，水果的烂香味；卷帘门拉下来，他和阿姆的席枕；戏园子的舞台与后台，古装丽人的头面，兰花指；电线杆上的招贴，治脚气和鸡眼……

最后，他跟着一辆掉头卡车的尾上，穿过车阵，到达彼岸。寻找老母住的那幢楼，又走许多弯路。楼区里多出水池、人造山、葡萄架、雕塑——断臂的维纳斯，赤裸的大力士，插翅的胖鼓鼓的天使……仔细回想，都是开发商当年的承诺，如今兑现，原先的空廊变得拥簇和凌乱，但亦有一种闹哄哄的热烈。终于到了老母的公寓，门敞着，厅里的地砖擦得晶亮，中间垂着枝形吊灯，也是开发商随房屋赠送，底下一张麻将桌，噼里啪啦牌响。心里生出一股欣慰之情，老母过得不错啊！见他来到，桌边立刻起来一位，是姐姐，要让他入牌局，说不会，并非客气，而是真不会。阿姆和前妻都不玩牌，这两个女人，其实很像。姐姐重又坐下，一个女人从厨房走出，端来茶和点心，是老家的疏亲，专司服侍老母。老母手下摸牌，嘴里盼咐中午的菜式,头脑和口齿都清楚利落,人也比先前丰腴润泽。她们说的是闽南话,自阿姆往生,他极少说闽南话,以为忘记,其实句句在心。看着眼前情景,不由感慨阿姆辛苦一生,却没有享他大福,可谓"子欲养时亲不待"。牌桌上人在夸奖他有孝心,血浓于水,老母则说一句:生不如养!虽是谦辞,但极是善解,到底母子连心。他坐在迎门的藤椅,穿堂风习习吹拂,耳边牌的玉响,间杂声声乡音,不由地,睡着了。

　　一趟回乡,心情平息许多,独处时还有寂寞感,但对待顾老师且能够客观冷静。思想也有回转,回到向来的文艺观念,仿佛重获自我。副刊的风格换以抒情派为主,版面也显沉着,失去些活泼,却多了人生洞察,仿佛也在生长,度过青涩,向成熟去。他重启回乡专栏"月是故乡明",旧题下新开一辑。顾老师的生性不是劳拉式的生猛,具进攻精神,而是"润物细无声"的一类,对他又极尊敬,认作知遇之恩。劳拉新鲜泼辣,有别开生面之感,但也令他紧张,年轻人的游戏其实不合适他,倒是顾老师,让他放松。克服最初的抵触,渐趋和谐。顾老师进报馆一段日子,听八卦新闻,知道有劳拉这个人,又知道已成过去式。一方面理解起始不顺的缘由,另一方面,生出了月老的念头。女人,尤其已婚的女人,总是对姻缘有兴趣,除去愿天下有情人终成眷属的好意,亦不免八婆心理。尤其是,方才也说过,香港几乎一夜间,遍地生出当嫁未嫁女子,任由一个单身汉自生自灭,简直有负道德良心。

这一个周末,本港艺文联谊委员举办茶会,庆祝一位青年写作者新书出版。这位写作人是在副刊起步文学生涯,所以茶会由他主持并致辞。经过一段时间修整,劳拉引起的动荡归于宁静,回想起来,既是荒唐又不乏甜蜜,调剂了平淡的日常生活。他想,自己何德何能,得这一份馈赠?诚惶诚恐之余,便是激励。他比之前更积极努力,活力充沛。茶会上,他又穿上三件式西装,灰白的头发修得更短,近于板寸,仿佛草莽英雄。外形有时候会反过来促进内涵,他真的有威风了。也不用文稿,出口成章,奖掖后辈,又坦陈艳羡——生长在飞行器时空,自己则是自行车一代,交通落后,路还曲折,不时要扛车行走,就退到步行的原始世界,磕磕碰碰,跌倒爬起。要是能够,他说道,要是能够,很想再生,变成年轻,可是又舍不得亲历的人生,倘若压缩掉历史,重新成为白纸,会觉得空虚了——说到此,满场的欢笑沉静下来,肃然起敬,他哽咽了,说声"谢谢大家",遂下场落座。仪式完毕，各桌自由茶叙。举目望去，一半后生，相形下，这一半难免成老朽。好比搭在子时零点的末班车上，绰约见晨曦微露，却是人家的明天了。正在自己的思绪里，顾老师过来敬茶，身边伴有一位女士，略年轻些，自我介绍李姓，他就称李小姐。两位女士敬过茶后没有回自己桌，而是在身边左右坐下。联谊茶会向社会开放，付一份茶钱即可进入，艺术之道，人皆有份。所以，李小姐是个生人并不奇怪，交换过名片，见供职公司为一家艺术画廊，头衔是企划主任。出自礼貌，不免多问几句关于画廊的性质、规模、投资与返利。经李小姐回答，方才知道，这一家画廊并非独立经营，而是下属某建筑公司。公司新登陆，有迅雷不及掩耳之势，后来居上，可透视资本规模巨大。所以能够忽略成本与回报，专司艺术，也是开辟橱窗，打造形象，作新一类的广而告之。他想到艺文联谊委员会一直以来期望建立常设机构，买一间写字间，雇一名秘书，就打听楼市行情。问答中听得出李小姐在实业内已具相当年资，经验丰富，头脑又清楚。他不禁好奇，为什么转行做艺术。李小姐一笑：地产是有形资本，艺术则是无形，有形资本已近饱和，不说远，只说近，香港的楼房，如同森林，向海湾取地，终有取尽的一日，而无形的——她做了一个向天空盛开的手势，犹如舞蹈。李小姐长相有些类似顾老师，但每一处都勾描一笔，就醒目了。穿的洋服，不像顾老师教会女生装束的拘谨，而是时尚的。凡到会者，付过茶钱就领一朵花，男士佩胸前，女士则系在腕上，举手时，花枝摇曳，有一股妩媚，但顾老师是很少动作的。茶会结束时，他与李小姐已有三分熟，顾老师反成陪客。三个人一同出会场，下电梯，在北角的暮色里告别。

次日上班，顾老师见到他，脸上笑盈盈的，似乎有喜事。不觉纳闷，看她几眼，顾老师就开口了：李小姐对主编你印象极佳！他没听得懂，停一停，说：我对李小姐印象也不错。顾老师一拍手，笑道：这不成了！他极少见顾老师活泼的样子，倒不像老师了，而是有些市井气，却又变得可亲，让他想起阿姆。放学回家，常见她与同乡人交头接耳，表情诡黠。他也笑道：成什么呀？顾老师说：成好事一桩！见他蒙蔽，又说：李小姐单身，难得有中她法眼的。他诧异道：这如何可能，这样的小姐，却空虚年华，简直天地不仁！顾老师以为他不信，再三保证：果然单身，我与她中学同校，后又在同一所大学，她读本科，我读专业硕士，后来她去美国攻学位，多年不见，再相遇，依然如故。他还在不平中，问：她在美国难道没有遇见爱的人！顾老师以为他质疑李小姐的清白，就说：有是有过，否则，这样年纪没有感情经历，不是很枯乏吗？他松一口气，似乎放下心来，世事到底是公平的。顾老师接着说：等那么久，看来终于等到要等的人。谁？他问，忽觉心跳加快，有大祸将要临头之预感。你呀！顾老师笑得弯下腰。他立起来，变色道：开什么玩笑！顾老师见他认真生气，就有些尴尬，退后一步。开什么玩笑！他再说一遍，声音却软弱了，颓然坐回椅上。

不知顾老师如何向李小姐传达的，过了一周时间，李小姐自己打电话来，约喝茶。态度坦然大方，他反不好过于推辞，显得心里有鬼，而且做假。赴会一日，在着装问题上，有所斟酌。正装忒隆重，有什么要紧似的；休闲则近昵，好像自己人。最后是居中，T恤衫外罩棉麻西服，轻松不失稳重，就这么出发了。

约见的地点在铜锣湾珀丽酒店的咖啡厅，他提早五分钟到，李小姐已经在靠窗的桌边招手。李小姐穿一件石磨蓝丝绸连衣裙，和那日的职业装束相比，减去十岁年纪。圆桌面上放一个文件夹，李小姐推给他，说：上回说要觅写字间，略收集一下，有几处选择，可供参考。他没想到是这事，为先前的顾虑惭愧起来，就有羞赧之色。李小姐浑然不觉察，伸过手，打开文件夹,一条一条给他看,解释利弊。点的咖啡和茶送上来了,暂时移开话题,补几句寒暄,互问交通与作息,再有季候天气。从窗口望去,可见维多利亚港湾,白帆点点,汽艇划开水面,犁出条条金沟。静一时,李小姐问道:先生是本港生人?他不免从根上说起。这段来历他都没有告诉过劳拉,他与劳拉,总是听的多,说的少,当然,更不可能与顾老师说,可是对李小姐,他有歉疚心,仿佛小人对君子,于是要以加倍的信任和热情。这一段叙述,涉及生恩与养恩,离乡与还乡,事业沉浮,婚姻成败——说到这里,他终究迟疑了,于是止住。时间过去,咖啡续杯了,楼市信息的文件夹合上,悄然推到一边。他发窘地喝完杯中物,招手示意买单。李小姐说:应该她来,是她定的时间地方。此时,他变得坚定,一再招手,李小姐方才告诉,已经签单,因这酒店与她的公司有合约。他只得垂下手,收起钱夹。李小姐补一句:下回先生你买单。于是,得已和不得已,又有了下回。

李小姐与劳拉的范式完全两种,劳拉行的是霸道,可爱的霸道,你心甘情愿被奴役受辖制;李小姐呢,分明是听你的,可结果却亦步亦趋,大约就是王道了,要高一筹。无论以何种名义,他和李小姐开始约会。所谓约会,不过喝一杯茶,说几句话。吃过一次饭,在尖沙咀转厅,地下灯海一片,到时间,镭射放起,海天之间穿梭,炫极了。这也是李小姐和劳拉的不同,李小姐的趣味更具都会风格,光鲜华丽;劳拉则是质朴的,游离出潮流,崇尚个人性。其中有时代因素,劳拉更年轻;也有背景的差异,像劳拉这样的富贵家庭,专能生长奇葩,李小姐出身中等阶层,凭一己之力,以求社会公认。从人生经历论,他与李小姐更有同情之心,但审美出发,他也许较为欣赏劳拉。这么比较着,忽然警醒,这是作什么比较呢!抬起手,从脸前挥一下,挥去杂念。

他和李小姐的茶约已趋日常,平均节奏为两周一见。外部看来,是成熟男女相处的步履,不疾不徐,最后走向结合。实际情况却是一种胶着,他多少刻意为之,李小姐呢,似乎也同意这样的状态,大半年的时间过去。这一回,李小姐择日邀约,约的晚餐,还是定在珀丽西餐厅,他们第一次晤面的地方。因时间段不同,情景就两样了。窗内一盏烛,照亮一圈,正好笼罩同桌人。葡萄酒映在李小姐的眼睛里,变成夜明珠,看起来有些不寻常。窥出他心中的疑问,李小姐先就揭开谜底:今天是我生日!他一拍脑袋:为什么不早告诉我,都没带礼物,实在太失礼!李小姐说:又不是小孩子庆生。他说:在我的年纪,看你们都是孩子。李小姐说：我倒想做小孩子，可是已经满四十，按中国人说法，吃四十一岁的饭。他第一次听到李小姐的真实年龄，竟然比顾老师长一岁，再想，她们同学，自然是同一年代生人。可是——他脱口说道，真是显年轻！谢谢夸奖，李小姐收住笑，继续道，外表看这样，内里，青熟自知。他说：相从心生，李小姐的心理年龄必也是年轻！李小姐沉吟着，说：就像那日茶会上先生的讲辞，很想重生，回到年轻，却舍不得亲历的人生——抬起眼睛，似乎积蓄着勇气，脸都红了。他心下紧张，不知道接下去会说什么，又仿佛是知道的——遇见先生是我人生的幸事。李小姐终于把话说出口，他沉默下来。李小姐脸上的红晕退去，轻轻吁出一口气，将话题收梢，谈起别的。她的画廊正与内地博物部门接洽，举办展览，有几件藏品，价值连城，需办大额保险，多家公司竞标，然后就细述藏品来历，每一件都有故事。她娓娓道来，他却走神了。李小姐要交托给他人生，不，应当说奉献，这礼物过于隆重了，本该是他送她的，今天是她的生日。想到人生，他的思绪漫游开了。劳拉是衔着金钥匙出世，李小姐则是两手空空，她十五岁从内地来到香港，说是投奔亲戚其实是独自奋斗，一步步走到今天，从无到有。唯因为是这样的收获季节，他才消受不起。

那么劳拉呢,他也消受不起。劳拉是一瓢饮,李小姐是水流三千,前者以质论,后者以量计。他不自觉中又拿她们作比较,好像她们是一对,可不是吗?一对璧人,一个从天而降,一个地上生长,开出花来,都是美丽,丰盈,性感,熠熠发光。他用什么来回报?莫说别的,单是时间,都不够了。

李小姐觉出他的沉默,思想跑到很远,便止了说话。两人默然相对,岑寂中,有类似知己的心情,因是相知,所以相惜,他心下决定再不与李小姐见面。眼睛转到窗外,维港的灯光中似乎有一盏专对了他,向他眨眼睛,讥诮,顽皮,不相信。李小姐的葡萄酒杯轻磕一下他的杯沿,就叫服务生签单。账单送来,双方同时伸手,他晚半拍,覆在李小姐的手背,两人都一心惊,这是他们头一回肌肤接触。他没有移开,而是很坚决,李小姐又解释她公司在酒店有账户,他摇摇头,握起李小姐的手,另一手抽去账单。区区一餐饭,如何还得清对面人的美意!付完账又给出一笔丰厚、完全没必要的小费。李小姐明白他的意思,一向以来,她都明白他的意思。只是,她是那种,相信人力不信天意的人,凡事都要做到尽头,碰壁而回。就是以这股劲头,方才走到今天。

下周一上班,顾老师走过他办公桌,似无心却有意,在桌面叩击两下,仿佛"嚓"声,就晓得李小姐已向她报告结果,从此事情终了。经过劳拉的一段,他较前有锻炼,能适应,就免去大的震荡,只是怅惘,怅惘。他又一次领略李小姐与劳拉的差异,劳拉是轰然而至,轰然而去;李小姐是细水长流,抽丝剥茧。后者的影响其实更深,此一变,生活亦随之变,每到例行的两周一晤,便不知如何打发,时间漫长得吓人。多亏有一件喜事插入,振作了精神,那就是,长子喜期来临。

将过门的儿媳妇是台湾的外省人,也在美国读书,于是,小儿女结缘。读成毕业求职,港台两地来回尝试几番,因都学的计算机软件,再联合一对亚洲夫妇,同回美国,在硅谷开一爿小公司,倒也活得下来。女方家庭信仰基督教,行的是西派婚礼,从教堂出来,再随他们闽南习俗,办一场宴席。亲家从台湾过来,人数就有限,他独身一人在港,也不想惊动福建的老亲。前妻家倒是人多,姨舅各表聚有两大桌,再加些新旧同事,其余都是两小儿的结交,按香港人规矩分成兄弟团和姐妹团。兄弟团一律黑西装,姐妹团则长裙曳地,手举一柄小伞,热闹喜气。他们老的,作壁上观,感慨光阴流逝,世事变更,今天的青年可比他们快乐明朗,前途广大。他们的老同学作证婚人,宴会厅也由他一手安排，在跑马地赛马会。底下马匹奔腾，人声涌动，一浪接一浪。证婚辞有大半叙说与新郎父母的友谊，仿佛是为上一辈姻亲作见证。本来就是演说家，再又触动心情，将听众带入情景，正沉湎其中，忽然话锋一转——这一日，传来佳音，一个宝宝落地，就是今天的新人！说完一个，再说另一个，因初次见面，重在描绘印象。着重却不是新娘，而是新娘的母亲，意思是相见恨晚人生大憾，否则，必要与先生争夺——先生也是个豪爽人，立刻请他带回家去！可是，证婚人说，倘如此，又哪来的新娘？所以，原就是前世的因缘，才有今天的良辰美景。一番话说完，场子都掀动起来，一旁等候上菜的服务生都拍手叫好。

　　老同学安排坐在他与前妻中间，三人行的二男一女，几经纠缠，终还是离散，回到少年结义的缘。老同学已是抱孙的人，笑他俩起大早赶晚市。太太不是他们淘里的人，性情温和平顺，与放纵的他正是一对，所以能够从一而终。此时坐在前妻那一边，正低头密语。趁机会，这两个便也通个私心。同学问他：想不想再找？他连连摇头。老同学鼓励说：少不更事不算，人生从二十岁起计，至今六十许，只过一半，尚有另一半，怎可虚度？这话有些道理，令人耳目一新，想了想，还是摇头。老同学哀其不争：一朝被蛇咬，十年怕井绳，从政治理论上说，就是经验主义，最终走至虚无主义。到底从左派运动中走过来的，唯物历史观的影响犹在。他苦笑：我这样支离破碎的人，谁跟我就是欠谁！老同学惊呼起来：你就像那个手里握着宝却不自知的人！他倒好奇了：我有什么宝？美德！同学说，忠诚、老实、谦逊的美德。他不禁笑出声来了，引得两位女性都抬头看。我以为什么宝！他笑道，不如直接说"愚笨"二字更妥。新人过来敬酒，站起来受礼，待重新坐下，方才的话题就搁置一边了。

这一日，他喝得微醺，转接屯门轻铁，乘过站，再返回，又乘过站，后来竟恍惚起来，不知道是要往哪个站。于是，来回乘坐。下午四五时光景，日头向西，清风吹拂，道轨旁崖壁上的花草摇曳，与方才的繁华市廛是另一个世界，安静悠远。车行行走在轨上，偶尔"叮"一声响。他看见日光在崖壁切过去，草茎的茸毛亮晶晶的，又陡地闭合，进了影地。他身心轻盈，几乎要飞起来。有一只蜜蜂飞进车厢，嗡嗡营营，正是老同学所说"美德"两个字，除去这两个字，他可说一无所有。他这个一无所有的人，竟然会得到劳拉和李小姐的美人情，想想都要落泪，这世界待他太厚太厚，衬得他太薄太薄！最后，他在一个陌生的站点下车，因为看见了渔火。跨下路基，走向码头，海面将渔火举到眼前，向海平线铺去。步入滩前一条小街，食寮的玻璃缸底匍匐着巨大的蟹类，背上寄生着小小的贝壳。有一个男人自带录放机，随伴奏带纵声歌唱，唱的是邓丽君的歌。多情的词曲从莽汉喉中吐出，又伤心又滑稽，尤其最末一句：请把我的爱情还给我！简直在呐喊和声讨，就觉得是向他来的。

他的罗曼史尚未结束，这一轮是由老同学主持。奇怪的是，前妻她也参与，作为介绍人之一，不是曾经说过这样的话吗？你选的人要经过我的眼。三人行重组，又是二对一，同学和前妻一边，他自己一边。推荐的女士其实是前妻的闺蜜，听起来很像是安插眼线，方便监视。闺蜜芳龄四十二，与他相比就是年轻人，曾有过短暂的不幸的婚史，没有孩子，在中资贸易机构任部门主管，性情十分温存。因是闺蜜，对他的情况就十分了解，对她，中间人自然是信任的。那两人一唱一和，描绘他未来的幸福生活，他挂单，无力申辩，因此无语。老同学又补上一句，不着急，慢慢来！话里的意思，他这边还另有人选。他发现老同学有些惧怕前妻，不禁一笑，想起三人间曾经的搅缠，情窦初开，虽无结果，但落英心底，一生都在。见他笑影浮出，都以为同意，接下去就是相亲一幕。两男两女,倒是比预期的气氛活跃。老同学是健谈的人,从小就人来疯,有人兴奋,有生人更兴奋。四人一餐饭下来,尽兴而散,只怕那闺蜜最终没明白,与她拍拖的是哪一位。他与前妻,无论恩怨离合,看上去还是一对。总之,他没有给前妻回应,也没从前妻处得回应,这一轮无疾而终,下一轮开始了。

下一轮就是老同学的人选,他公司里的一名文员。照例,老板给文员做媒聘不合常规,但老同学本是不按常规出牌的人,再则呢,其中还有一段来由。老同学的太太打理一间花店,不赚钱,为消遣。这一个周日,正逢情人节,店里收许多订单,人手不够,太太派老同学帮忙,稍改变晨跑路线,给客户送花。于是,人们就看见一个半发福的男人,手捧鲜花,吭哧吭哧地跑步。依序来到一幢楼前,揿下号码,蜂鸣器响,咔一声门开,推进去,上电梯,公寓里出来一个小姐,伸手接花,中途缩回去,掩口惊叫一声"老板"。原来是手下员工,虽不认识,可公司中人谁不认识他?不禁也吓一跳,急忙解释,他不是送花人,他只是送花。这话听起来绕口得很,也不通,又换一个说法,花不是他送,他只是送!还是绕和不通,小姐却已经明白,抖着手接过花去,坚持送他下电梯,出大楼,到住宅区门口,目送老板捧着余下的两束,继续他的送花路。

因有一面之缘，他与这名小姐熟识起来，见面就问喜期何日。先是有大概，后又推延，自此没了下文，听知情人说一拍两散，各归各了。年轻人的爱情就是这样，人没常性，事无长期。这时候，他想起他来。

相亲会再次举行，这一回的对象已是下一代人。他不解地想：为什么他的年龄长上去，对方的年龄却矮下去，这世界到底发生了什么？他也怨老同学荒唐，前妻、自己，不也荒唐吗？那女孩子，说是女孩其实也是过三十的人，待字闺中却无焦虑之色，浑然不觉，还挺高兴与前辈们攀谈，听他们回忆往事。看起来很像恳亲会，其中的谁带来儿女。谈兴越来越高涨，几十年前的秘辛，单是你知我知天知地知，此时尽入闲话。女孩听得入神，艳羡地说：那时候的女生多幸福，有人追。他们说：你们不也是吗？女孩正色道：今天的男生不追人的！他亦忘情，说出一句：是不敢追！女孩眼睛看定他：我可敢追！他仿佛看见又一个劳拉，赶紧移开目光，低下头去。结束相亲，走在街头，人潮汹涌，年轻的女性是城市亮丽的风景，令人目眩。地铁也是，一片大光明，不是来自灯，而是来自她们。自动滚梯的站台通道，如同河床，将她们分流又汇集，送往各个方向，是丽人河。他一个也不认识，又每个都认识，不只认识，还稔熟，都是他的亲人，有着温暖的体温和呼吸，滋养着他干枯的人生。拿什么回报你，我的爱人！走出地铁，回到路面，亚热带的太阳热辣辣的，热辣辣的恩情，就像传说中来自原始丛林的剧毒的蛊，拴住他，不让远行，不让弃离，不让不归！归，归，归来才有解药。妖媚妖娆的笑靥迎面而来，高架天桥上泻顶，再从地底泉涌。他汗泪交加，挥如雨下，是梧桐雨，是太阳雨，金雨银雨。湿漉漉的空气，缠绵悱恻，就像美人的深情。日头向西，从楼宇的森林间滑落，落进海面，暮色升起，即将四合。陡然，华灯盛开，天地璀璨。

第三次相亲会举办之际，他做了一件背信弃义的事，临阵脱逃，出门旅行。就像一个中情蛊的男子，走也走不远，走也走不久，还是在南亚，同一气候带上，台湾。独自一人，从北向南。这地方让他想起原籍闽南，有素朴的古风。阿里山上，种茶人家，滚水浇着茶壶茶盅，滗出茶汁，满口生香，汗津津的后背凉风习习。公路两边的槟榔屋，夜色中放射霓虹灯，槟榔妹在招手，他买了一包又一包，塞满行囊。他不惯嚼食这东西，将它们背到东背到西背了一路。来到最南端的垦丁，他看见了红豆，林子里，树丛中，一颗颗，一串串，一蓬蓬，一挂挂。沿街店铺里，大瓶小瓶，大罐小罐，各种器形的玻璃体，满满的收纳，透壁而出艳红，艳红得诱人，就有一种危险似的。他想起红豆的又一个称谓，相思豆，心中一惊。他的恩欠，他的愧受，他的困囚，他的原罪，他的蛊，忽得一个名字，这名字就叫相思。

2016 年 4 月 9 日　纽约

向西，向西，向南

一

其实，陈玉洁和徐美棠早在十年前即有过交集。那是上世纪九十年代初柏林，库当大街上，接近歌剧厅的街角，开一扇门，倚门立一个白衣白裤的亚裔男人，抬头看，门楣上方写几个汉字，就知道是中国餐馆。周末，向晚时分，白昼的跃动平息，夜生活尚未拉开帷幕，正在休憩的间隙。薄暮中，这条街仿佛被遗忘了似的，只剩下玉洁和这家中国餐馆。她与侍者对视着，忽觉得这并不是本族人，深目隆鼻，精瘦的骨架子，要知道，此地的中餐馆，不定是雇佣华工的。对方也在犹疑，不知道当她哪里人。最后，他们用英语打了招呼。走进店堂,临窗坐下,唯有她一个客人。这时间对本地人远不到饭点,他们都是夜猫子。男人送上菜单,看见汉字写的菜名,就有一种安心。点了什锦面,还回菜单,问道:会华语吗?男人眼睛亮起来:原来是中国人,还以为从英国来,英国过来的人比较多。几近雀跃地,一个转身,到楼梯口,仰头向上喊:老板娘,有中国人!楼梯上响起脚步声,老板娘下来了。

在中国人里,老板娘的身量算得上高大,亦因为中国人看中国人,才看出年纪在三十和四十之间,穿秋香绿色的裙装,袖口撒开,像鸟翼般,随动作起落。绕过空着的餐桌,走到玉洁跟前,双手支着桌面,问从哪里来。玉洁回答上海,对方自报来自青田。青田,知道吗?总归听说过青田石!这时候,什锦面上来了,罐头笋、猪肉、芥菜、甜椒,切成筷子粗细,很悭吝地放两株青菜,面和汤的味道与这些全不相干,显然来自现成的酱料。她埋头吃面,女人站着,眼睛越过头顶,望向窗外,继续说话。她的普通话带着口音,大约就是青田一带的吧,玉洁没去过那里,辨别不出来。话音流水般淌过去。视线与墨绿桌布上的那双手平齐,于是注意到这双手,硕大、丰润、骨肉匀停,能劳动,却不是苦作,所谓得心应手,大约就是指这样的。如此一坐一立,吃完了面,店堂还是只她一个客人,不禁出声道:生意冷清啊!女人被她的话唤醒似的,打住话头,低头看一眼,说:今晚比赛足球,都看球呢!德国人很奇怪,脑筋有毛病,我们和他们,完全是两种人类。她笑起来,结了账,推碗离座,道了再见。这就是玉洁和美棠的第一面,彼此都没有问名姓,连模样都是含糊的。

走出餐馆,天光依旧亮着,街上除她之外,多了一对情侣,忘情地接吻。夕照贴地而起,瞬间掠过去。歌剧厅前终于有了人迹,厅堂里已聚起些声气。检票与领票,前后照应,添几分动静。观众坐有半席之满,在足球杯的晚上,亦可称得上座了。剧目是芭蕾《吉赛尔》,乐池里传来定音的管弦声。

陈玉洁在外贸公司做公关经理,上海与汉堡是姐妹城市,两地往来频密。这一回是为一批货迟迟不能上岸,汉堡港的理由是中国货轮的外漆有几项环境指数不达标,装卸工人不能作业。玉洁在汉堡与各部门交涉,请求重新检测,再次审核,最后一关是工会,同意一定天数之后,才可接近货轮操作。汉堡有公司租赁的公寓,没有食宿之忧,只是寂寞得很。于是,周末便去柏林一趟。这个国家的工会拥有无限权力,休息日绝不允许工作,就不会出状况,她也只好休息。白天去勃兰登堡门,柏林墙遗迹,美术馆,老教堂……最后的节目是芭蕾。她买的四等票,这一区域只有十来个人,散坐四处。前边有空位,可是没有人移动,这是一个纪律严明的民族。想起方才老板娘的话,德国人是一种奇怪的人类,就又要笑。场灯暗下,乐池里的光就仿佛夜航中的船舶,她呢,茫茫大海中的礁石。音乐响起,舞者在舞台上列成各种队形,奔跑、跳跃、旋转。因为座位的关系,大约还有心情,离她十分遥远,就像一帧镜框里活动的图画。有一时,她睡着了,被掌声唤醒。掌声很整齐,先期经过排练似的,什么时候起来,什么时候止住。然后,中场休息。出去走动走动,第一遍铃声后回座,每个人都在原位上,她依然独自一人。音乐奏响,她又沉入睡眠。

　　走出剧院,天黑下来,街上却一片亮,路灯,霓虹灯,广告灯箱,咖啡座,餐馆全开张了。热狗铺前排着队,麦当劳里满是人,汽车揿着喇叭,年轻人呼啸而过,高举彩旗和气球。电器商店橱窗里的电视机播放新闻,站一圈人看,她才知道,德国队进入决赛。走在人潮中,几乎迈不开脚,满目都是笑靥,互相叫喊,擦肩而过一伙人,竟然横过旗杆抽她一下,回头看,无数笑靥相迎。可依然是离远的,隔一层膜。走回旅馆,洗漱上床,窗外依然喧哗,铜管乐队在游行,其中一支小号特别高亢，随她入梦里。是这样的夜晚，使得其他一些细节变得清晰，留下印象，以至于许多年过去，换了场景，这两人互相都认出了。

汉堡的公寓，人称中国大厦，是由几家国资单位联合买下一幢旧楼，再翻倒重起，专供企业外派人员居住。风格与周边高层住宅无大异，那多是战后的建筑，平行与垂直的线条结构，与现代极简主义有关，更是从实效出发，用料经济，施工快捷。中国大厦是近年造成，就更新，更高，因此也变得孤立。那白色的塑钢框架的窗户格子，一行行，齐崭崭，要是望进去，内容就丰富多样了。房间里斜拉的铁丝，晾着毛巾、衣服，床上张挂的蚊帐；桌面立着热水瓶，电饭煲突突地沸滚，里面炖着猪蹄和鸡膀；窗台内侧的瓦盆里养着小葱，蒜头抽出绿苗，其中一叶上缠着祈福的红丝线。过日子的劲头一股脑冒出来，中国式的日子，乱哄哄，热腾腾，与使领馆的中国式不同，那是官派的，这里却是坊间社会。

中国大厦的住客来自四面八方，你就可以听见各种方言在此交流：东三省、云贵川、江浙、山陕、闽广、两湖，最终又汇合成北方语系的普通话。有长住，有短留，长可至半年之久，短呢，落一下脚便转移。陈玉洁原本只一周计划，延宕到两周，事情办有六成，公司方面让她再坚持一周，索性彻底解决。不料余下的四成是为最琐碎困难，就又是两周过去，还看不到结束。一人在外，新鲜感维持半月已达临界，初始就有长久规划另当别论，她却是随事态演变，一日一日拖下来，难免焦虑心起，不耐得很，情绪变得低落。汉堡这地方，阴晴无定，云开日出时，眼前一派明媚，坐在湖畔，柳丝婆娑，微波荡漾，水面点点白帆，真仿佛仙境。转瞬间，天空沉暗，树丛密闭，湖中的天鹅呱呱地叫，鸽群呼啦啦盖顶而来，像是鹞鹰，豆大的雨点砸下。赶紧起身，回程中，乌云忽地破开，迅速向四围退去，湛蓝的穹顶越扩越广，万物晶莹闪烁。心情却鼓舞不起来了，鲜丽明朗的视野反而让人忧郁。

后来，非不得已便不出门，有时候，整天待在住处。白日里，客房都走空了，清寂中，动静声声入耳。清洁工开门闭门，说话嬉笑，吸尘器轰然响起，又轰然停止，修理工的击打，新入住的客人经过走廊，行李箱的轮子咯哒咯哒滚压地面，没有吵着她，却是让她安心，不自觉睡着。不知道过去多少时间，在一股饭菜的气味中醒来，恍惚以为是在公司的食堂里——饭点到了，窗户板推上去，大锅、小炒、米饭、面食，热气蒸腾，汹涌澎湃。雪白的四壁刺痛眼睛，闭了闭，方才想起身在何处。中国大厦的餐厅，中午不开张，少数几个客人，就直接到后面厨房，锅灶边上，盛饭盛菜，倒有几分居家的气氛。这一日，大师傅的媳妇从山西老家来探亲，下厨帮忙，做的是家乡饭猫耳朵。揉得十分劲道的面，揪成手指头大小的薄片，下在汤里。黑木耳、胡萝卜、西红柿、青芦笋、紫茄子、白山药，切成片，上下翻滚。大海碗，灶台上一字排开，老陈醋胡椒面，任意添。这一餐饭呀，吃得汗泪交流，痛快，亲热。

一同吃过猫耳朵，就有交情似的，由此，认识了来自沈阳的一个姑娘。她是通过熟人关系住进中国大厦，还是个学生，在波恩读商科，她带陈玉洁去到火车站的中国书店。书店门面不大，进深却几乎穿透一个街区，四层高。顾客多是中国学生，来淘减价的教科书，学生总是手紧，看的多，买的少。还有从火车站过来的行旅中人，为消磨候车的时间，也是买少看多。相比这有限的客流，书店显得过于宽敞。除了老板，底楼收银台后面的小个子广东男人，似乎没有其他店员。那是个寡言的人，甚至是腼腆的，偶尔在过道走个对面，头一低就过去了。但并不意味着性情冷淡，她很快注意到，书店仿佛是个中国留学生的服务站。临上火车需要办事情的将行李寄存这里，刚下火车的又推门咨询交通和住宿，自行车轮胎瘪了，进来借打气筒,再有借用电话和厕所,帮助收发留言消息。显然,中国人尤其留学生圈里人都知道他,一传十,十传百的。来自香港的他——沈阳女孩告诉她,并不像通常港台人那样,与大陆学生有隔阂,生成见。那时候,中国陆生留洋海外正在草创阶段,经济上,货币不能自由通兑;政治上,体制为对立两边;初度开放,人数少,根基浅,远没有形成自己的社会。与中国大陆亲近者,多是左翼知识界人士,而左翼运动发生地则以美国为中心,比如反越战,比如台湾学生的保钓。二战后的德国,正经历漫长的反省与疗伤,对于这个热爱思辨的民族,类似东方哲学的静修,难免是沉寂的。所以,来自社会主义中国的学生,呈孤军作战之势。后来,陈玉洁知道,香港人是一名基督徒。她开始进出书店,当那里半个驻地;港务局方面的业务亦顺利结束,她回国了。

二

回想起来,九十年代是个节点,上个周期完成,进入下一个。苏东解体,冷战告终,中国改革开放,经济腾飞，香港回归，美国九·一一，中东战争，亚洲金融危机……世界资本主义体系一方面扩容，另一方面，介入异质成分。具体到中国大陆，由政府推行市场经济，进入全球化，同时筑起防火墙，可说旱涝保收，完身通过世界性危机，外汇储备激增，国库充盈，个人财富积蓄。在陈玉洁个人，二十世纪的最后十年就好比一夜之间，又像是几个世代，来不及后顾，一径地向前。从外贸公司买断工龄，自营进出口。大学毕业分配在政府部门的先生早几年已辞去公职下海，先是承包一家体育用品商店，赚第一桶金，然后与几个同学去南非购买金矿，再又掉转龙头，向内发展，到山西开矿和炼焦。这十年于他们五十年代出生的人，可说是原始的，又是最后的发展机会。就在他们奋起的同时，六十年代后生冲刺新型产业的前沿，时间跃进两千年，就将是又一代风流引领。总算立定脚跟，不仅获得财富，更是在一波连一波的产业浪潮之间，占据衔接的一足之地。他们的事业起自计划和市场两种体制的狭缝，左右逢源，亦屈抑迂回，得尽先机，也种下后患，暧昧的受益最终造成身份的尴尬。

他们的孩子，一个女儿，在千金买醉的日子里成长。陈玉洁至今记得，两千年世纪之交，一家三口乘豪华轮夜游浦江。十五岁的女孩，穿一件珍珠白低胸露背礼服，那时候，真还不懂得怎么穿，将她往成年女性里打扮，更显得人小，比实际年龄更幼稚。手腕上套个珠包，踩着高跟鞋，站在大厅里，茫然不知所措。巨大的枝形吊灯从挑高的通顶上垂下，灯芯做成烛状，壁上也是烛状的灯，立在金银座的水晶盏里。无数彩带、气球、鲜花、玻璃珠子串在尼龙丝上，红灯笼也串起来。眼睛都不够用了，脖子也仰酸了。视线慢慢移下来，这就看见餐台，呈十字向四面伸展，冷食、热菜、烧烤、中式、西式、和式、蛋糕、水果、巧克力。女儿第一盘就直接奔甜品，各色小点心，粉红、淡紫、浅绿、鹅黄的奶油和啫喱，第二盘还是小点心。那颜色形状首先诱人，尤其诱惑女孩子，其次是香甜的口味，小孩子都是口重又嗜糖，平时受大人限制，从不曾饱足，此时敞开，非但不干预，还是鼓励的眼神。可惜到第三盘，便吃不动了，就这，还只是餐台上末梢的一点点，前菜和主菜丝毫未沾，都要哭出来。岂止孩子，大人不也是憾憾的，只不过能自持，不像孩子那般坦然不掩饰。接近子夜时分，餐台撤走，顶灯暗下，地灯点亮，一池莲花盛开，乐队和歌手仿佛是从地心升上来，音符从天庭降落，众人环绕起舞。父亲带女儿下了舞池，两人都不太会，基本就是走步，从这头到那头。看他们在人群中忽隐忽现，有几回女儿的脸正对她，表情十分严肃，好像接受成人礼，就觉得女儿正在脱去小姑娘的形骸，飞速地长大，长成那件珠光晚礼服里，真正的主人。舞池到处是这样的美人，衣袂飘兮，巧笑盼兮。她走神了，没注意人群哗动中倒计时的数秒，只听得最后一声，当！海关大钟敲响，彩带剪断，纷纷坠落，珠子漫撒开来，红灯笼亮了，原来里面都是电灯芯子。船正走到吴淞江口，调过头，外滩沿岸一带同时放起烟花。那游轮顶上的吊灯突然迸裂，露出玻璃穹盖，于是，一朵一朵烟花在深邃的夜空绽放，化成流星雨，缓缓垂落，时间就此走进二十一世纪。

女儿自小在祖父母身边生活，与他们聚少离多。在出生成长的十多年里，正是她和丈夫激烈打拼事业的阶段。他们都是上海普通人家，一条街上的邻居，就读同一所小学，又在"文革"中划地段分进同一所中学，是本地市民典型的婚配形式。中学毕业一个去崇明农场，一个留在上海分配工作，分得很好，在外贸局——照今天话说，就是办公室小妹。后来，崇明的那个凭一己之力考取大学，上海的，就是陈玉洁，由单位送外语学院委培商务英语，原去原回。那是个百废待兴的时期，机会很多，他们可说是得天时地利的一代。等两下里读成，都已是三十岁，这才生了孩子。上世纪八十年代,上海住房的紧张,全世界闻名,由此生出多少悲剧和喜剧。他们原是在公婆房间里隔出一条作婚房,两人上学各自住学校宿舍的几年里,丈夫的兄弟住进他们的房间并且生下孩子。这期间,他们夫妻的私人生活都是在周末和节假的宿舍,他或者她的同屋回家,让出空间,供他们享用。所以,住房局促是他们脱离体制自主创业的极大动因。挺着六七个月的肚子,肿着脚踝,去后勤部门索讨房子。局办公楼在外滩一座老建筑,殖民时代留下的,石砌的墙壁,天花板很高,动静都有回声,走在里面,是有压迫感的。当时不觉得,年轻,又是单位里最低阶职工,况且,大家不都一样?为住房、晋级、加薪、奖金,一趟趟跑领导办公室,赔着笑脸,叹着苦经,事后回想,却是很屈辱的。就这样,分来一间房,面积不大,朝向也不好,西北,是一套公寓里的一间。这套公寓不知出于何种历史原因,被拆分成三户人家,公用厨房和厕所。但无论怎样不便,住进公寓,身份就不同了,下一轮的争取和调配中,资本也不同了。很快,这一间加上丈夫单位增配的一个亭子间,二换一,换来新工房的一个独立单元。换房的经过,也是不堪回首。电线杆子上贴告示,房屋交易集市寻觅对象,所谓房屋交易集市就是马路边上,自发形成的几块地方。捎客一类的人物应运而生，他们手中掌握许多信息，从而串联上家下家。时间一久，陈玉洁自觉得也能成为业内一员，日后独立出来做贸易，是否从这里起念，只有天晓得。

这套一室半的单元房位处虹桥，其时还未开发，属城乡接合部，上下班需经过一条铁路。远远听见道口铃响，路障放下，挤进等待的自行车和行人里，一列火车吐着白气驶过。倘是客车，就看得见车窗里的人，满脸旅途的劳顿，不知道在他们的眼睛里，自己是怎么样的。这条铁路横亘在面前，将新城区和旧城区隔开，他们被划分在新的一边，即是逐出，同时呢，又是纳入，纳入进另一种命运。

住进这一处房子，动荡结束，终于安定，将女儿接来。女儿已在市区一所重点小学就读，而这边且是草创，周边还很荒凉，学校的品质可想而知，决定暂不转学，每天由父亲接送，顺便可去看望婆婆。辛苦是辛苦，但一家人不必分住几处，算是团圆了。就在此时，方才发现，女儿与他们是生分的。跟阿娘长大，宁波人称祖母"阿娘"，阿娘们称得上是上海中等阶层的一个类型，她们精明、仔细、能干、豁辣——沪上人说，给宁波人做媳妇不易，可她们自己不也是从媳妇熬成婆的吗？她们带出来的小孩，尤其小女孩，都有一张刁钻的嘴和一副刁钻的性子。一上来,他们就感到棘手了。绿豆芽,要摘两头;鱼,只吃鳃上瓜子大小两片肉;豆腐是要去皮的。穿衣服也很麻烦,一件套头衫,后领的商标一头脱线,她按惯例索性将那一头也扯下来,多年紧张甚至惶遽的生活将她磨砺得粗糙和简单,孩子却哭了,说应该缝上去,否则就分不出前后。鞋面上的浮尘不擦拭干净也是要哭的,马尾辫不是高了低了就是歪了。随身搬过来的几大包杂碎,她看也看不懂。那些花花绿绿的铁发卡,掰开,再按下,沿发际线扣一排;喝水的壶盖藏着机关,这里一揿,那里跳起来,吐出一个咀;透明的小贴纸上的人物动物有名有姓,贴哪里也有名堂,而且重要……这些零件又不是阿娘的传统了,而是来自现代都市物质生活,阿娘家住在淮海路中心地段。有一次,她下班早,去学校接女儿,遇到班主任,说起往返路途的辛苦,老师惊讶道,不是就住在附近吗?原来女儿一直将阿娘家的地址报给老师和同学。小姑娘和同学走在前面,她推着自行车跟随其后,看那矜持的小背影,比同年龄孩子高一点,所以就在中间,一个挽一个胳膊,有些小妇人的风度。陈玉洁说不上喜欢,也说不上不喜欢,女儿长大了,却不是想象中的长大。这种复杂的心情一直潜藏在母女之间,到两千年的跨世纪晚会,再度浮出水面,却是另一番情景。这时候,做父母的,与女儿相处和谐,陌生感逐渐消弭,甚至有几分亲热。

偶尔地,她会生出怀疑,这样的改善是出于哪一种原因。血缘是一种,共同生活是一种,还有,是不是还有什么?她从国外公务回家,省下津贴补助买成礼品,最多的是女孩子的衣物,内心里多少有一些讨好的意思。她和丈夫总是讨好的,为补偿抚育的缺失,其实也没有那么理性,一家三口,本应是亲近的。女儿得到礼物,绽开笑容,一个反身,抱住妈妈的颈项。软软的小身子,贴在怀里,她有些羞怯呢!真希望不要长大,就这样。她喜欢女儿的笑脸,下眼睑很饱满,一旦开颜,便呈现两个窝,像猫咪,又像花。随年龄增长,圆脸变长脸,脸颊滑顺下去,笑窝不见了,显出少女的清秀,却又有一种凛然——不知道事实如此,还是心理的缘故,她始终有些怕她呢!这也是所有父母对长成的儿女的心理,生恐被遗弃似的。有时与朋友交流,彼此就像在攀比这种感受,很享用的呢!但内心深处,又觉着不像对方的单纯,在某个地方存着差别,而且是本质性的。生活在进行,不等她想明白,已经到下一个阶段。

他们买了商品房,先是四室两厅的公寓房。装修大半年，搬进去，住下两年。其中有一间北屋，从来不曾使用。紧接就搬进另一套，复式两层。偏离开市中心，但后来居上，成高档地区，住户以日韩籍为众多。女儿进一家私立中学，和小学同学疏远往来，阿娘呢，也不常走动，这个老城区的孩子成了新人类。礼物和礼物激起的喜悦还在继续，却已不只是出国带回，且随时随地，量和质都在增加。整套卧室家具，钢琴，电脑，音响，万圣节的鬼装扮。这个街区已兴起万圣节，基本是自己和自己玩，没有讨糖和捣乱的小孩子，南瓜灯在店铺的玻璃窗里闪烁，少男少女们穿了吸血鬼的长袍在街上呼啸走过，其实显得很寂寥。最后，女儿高中毕业，直接去美国读大学，可谓人生大礼。因学业中等，就读一所设计专科学院，校址却是在纽约曼哈顿，学费和食宿极昂，有什么呢？钱已经不是问题。

因生意上的事暂时走不开，就由丈夫保驾护航送去纽约。看父女二人走进国际出发渐渐远去，女儿比两千年晚会上又高出半头，身着旅行装，双肩背包上垂挂粉红水晶的吊串，随着走步一摆一摇，就有一股跃动，欣欣然的。没有回顾，就这么径直走出视线，她们母女相处向来冷静，从不滥情。回到家中，推开女儿卧室的门，打算收拾整理，不料想，一下子撑持不住，坐倒在床沿。那是张童话里公主的卧床，高高的弹簧垫，白色床柱上托着金球，圆顶帐垂下来，珍珠纱上布着小朵玫瑰花。眼泪溃决，流了满面，这才相信"血浓于水"是千真万确。

三

多半的缘故是女儿在美国读书，还有就是寻找新商机。她将德国方面的贸易收缩了，转移到纽约。然而，距离上的靠拢并不使她们更亲近，分别初时的那一段激情没再回来过，反而是，平淡下来。女儿抽条的身子显得很纤细，穿低腰的撒腿裤，长款的背心外面套一件横宽的背心，都是黑色，踩一双夹趾草编凉鞋。学习设计的人总是从自己身上开始实验，创造独特性。最终，很奇怪的，这些独特性又汇合成同一种风格。看女儿走在街上，走在魁伟壮硕的外族人里，四肢、身体、衣服、头发，一侧剪至耳上，另一侧，齐腮，垂下来——仿佛在飘。不少男孩，也有成年人，被吸引目光。这些目光，就像风，将她送得更远。偶尔地，女儿会挽着母亲的肘弯，便感觉到纤细的手臂里的骨骼,不是小时的柔软,而是坚硬的,有一股力度。

女儿租住的是一种称之为"工作室"的房屋,一大间,除厕所和冲淋房,再无其他区隔,住户根据自己需要分配使用。因为楼层很高,还可架成阁楼。这样的房型,得自于二战以后的苏荷地区,废弃的工厂车间被艺术家用作画室,渐变为风尚,建筑商适时跟进,开发房地产市场。以此可窥见波西米亚人走入布尔乔亚,嬉皮变雅皮的过程。所以,这间位于中城的"工作室"其实相当中产化,玻璃幕墙、细木地板,牙白色烤瓷漆的橱柜,后现代极简主义的灶具和卫浴,以及连房屋出租的餐桌椅、工作台。这样的环境里,席地而卧的床垫,东方图案的靠枕,随意摊放的杂物书本,反显出造作。她不懂设计专业是什么样的内容,从外部看起来,女儿无疑是业中人士的做派了。

在决定长住,计划买房之前,她都是住酒店。睡地铺起卧不方便还在其次,难以忍受的是无遮蔽全敞开的空间。不夜城的光,从窗帘叶片里透进来,躲也躲不开,好像当街躺着。女儿并不反对母亲住酒店,多少透露出迹象,孩子已经有自己的生活。一个不问,一个不说。有些私密的话题,至亲间反倒不易沟通,又尤其是她们这样亲中有疏的母女。有几次和丈夫同来,住的是中下城的老酒店。在美国,说老酒店不过是更欧洲化，代表新大陆居民来源地的历史。那都是狭小、逼仄的房间，自点早餐，到晚间，酒吧咖啡座上满满的，需挤过人堆，向柜台上领房间钥匙，沉甸甸的铜头钥匙放在柜台背板上的小格子里，射灯自上向下照着职员的脸，很像希区柯克电影里的一帧景。

丈夫喜欢这样的老酒店，女儿也喜欢，凡住这里，总是过来。换一种情形，就是她过去了。来到这里，多半是在底下酒吧消磨，单独的桌子永远不够用，于是，不相干的人凑在一长条大案子边上，各说各的。女儿显得格外兴奋，比平时话多，丈夫呢，捧着酒杯，缩着手肘，避免碰到邻座的人，脸上布着笑容。她却怀疑，他们实际上真的有表现出来的那般享受。看上去，更像是一种坚持，将"快乐时光"坚持到底。酒吧门口的招牌上，不都写着"快乐时光"的字样！酒店的"快乐时光"里，中国人极少，像他们一家三口的中国人，大概仅此一例。那实在不是个家庭聚会的场合，这三人未免显得不合时宜，可他们一坐就是半夜。送女儿去住处——步行即可到达，两人再返回。子夜时分的清寂里，藏着无数喧哗，那沿街的，一半沉在地面下的门扉，一旦开合，就涌上来，引起一阵骚动。

他们沉寂地走过一段，凛冽的空气驱逐了困盹，方才她可是困盹得很呢，此刻醒过来，开始说话。她说，要不要在美国买房？好啊！他说。女儿的房租加我们的酒店费用，差不多是一套厨卫的钱了。说到这里，他就正色道：不要考虑钱，钱不是问题。话里有一股豪气。他们这一路对话，都是有豪气的。倒退十年二十年，做梦都做不到。是啊，钱不再是问题，可也是个问题，就像上了发条，开关启动，自行运作，以级数增长，令人不安。想这世界上任何物质的总量都有限度，哪经得起如此递进生产。她有时会提议关闭生意，不要再赚了，一个人一辈子究竟能用多少钱？丈夫的回答是，你以为我们是净赚？不是，我们是和世界通货膨胀赛跑，趁脚力好，多领先几步，等脚力弱下来，就少落后几步。然后，丈夫便举出几个数据，证明通胀的速度和程度。按马克思政治经济学理论，通货膨胀是为解决危机，同时酿成新一轮危机，所谓搬起石头砸自己的脚——丈夫一旦打开话匣子，谁也刹他不住，所谓"马克思政治经济学"，在他们一代人，就是蒋学模的一本教科书，在世界冷战格局下，以共产主义为人类社会最终目标的前提下，诠释资本演变。现在人早不读它了，但里面不乏真家伙，也就是硬道理。丈夫继续道，二次大战以后，技术革命大爆炸，迎来第三次浪潮，似乎可能消化危机，事实上，只不过暂缓，将局部纳入总量——"总量"这个词出来了，正是陈玉洁的担心。你以为总量可无限增长？他问她。不能，她回答。增长的是缝隙，就像受过冻的萝卜，糠的，这就是泡沫经济，所以，我们必须和通胀赛跑！最后总结。这时候，他又变成虚无主义，不相信人类历史的进步。

他们走进酒店，"快乐时光"方兴未艾，领了钥匙进电梯，经过一条狭窄的走廊，推开房门，迎面是满壁墙纸的缠枝花，天花板顶线的雕饰，窗帘打着沉甸甸的结子，床幔垂下流苏，椅套、茶垫、桌旗，丝线经纬底下藏着隐花，门窗、家具、用品的边缘都是曲线，底足是弯脚，镶着金边，重重叠叠，是维多利亚时代的风尚。事实上，酒店不过开业于上世纪七十年代，酒店的典故，关于一名女演员的风流韵事，是百老汇款的。床垫很厚，很软，人卧得很深。听见枕边人的鼾声，不由哧一笑：真会装！也不知道笑的是哪一个，然后，沉入睡眠。

她自己来，通常是住新泽西，真正的北美式标准间。遍布全中国，直贯县镇级的酒店模式就来自于它。宽敞明亮，自助式早餐，价格只到那类老酒店的三分甚至四分之一。越过哈德逊河看曼哈顿，不过上海浦东与浦西的距离。这酒店主要客源是旅行团，尤其中国旅行团，占一半以上，其次东欧和日韩，再有些本土的学生团体。她虽是散客，但因为常来，一住又是半月一月，甚至两三个月之久，所以店方就将她打包进旅行团，享受大折扣，价格又下来一截。虽说钱不是个问题，可是，不还要和通胀赛跑吗？收缩德国方面的生意，转向美国，一时上还摸不到门。多年来积累的经验和人脉，都是在欧洲方面，在此可说白手起家，从头开始。来美国之前，都说这里地大物博，制度自由，有许多机会。听起来，很像近代史上所写，冒险家的乐园上海，实地一看却大不以为然。近十年内，中国的人力物力，犹如水银泻地，充盈每一寸空间。大到并购企业，小至浙江义乌小商品市场的发圈发卡，工业有重型机械，农业有果蔬植种，几乎无一遗漏。于是又回到老本行，中国餐馆。购买老店，开张新店，华埠从曼哈顿飞跃皇后区法拉盛，迅速扩大。陈玉洁数次往返，一年时间过去，依然委决不下，往哪里开拓。她倒也不急，多年历练，磨出了耐心，只是出于勤勉的本性，不开源就必得节流，能省即省。

　　酒店里每天有一团团的中国游客进出，闹哄哄来，闹哄哄往。一个人住久，终有些寂寞，所以，并不嫌嘈杂，还以为有意思。那些常受指摘的大妈们，与她属同一代人，在匮乏和争夺中度过岁月，大堂里一个空位都不放过，即便只是出发前短暂的等候，她是理解的。有时候会主动搭话，提供咨询，解决语言沟通。有一回，一个老年团的旅客向她打听大都会博物馆的票价，她如实告之，从一元到二十五元，全凭自愿。对方顿时愤怨起来，这个团费以外的自选项目，导游收费竟每票三十。看他们气咻咻找导游论理的背影，便知引起事端不小，赶紧避开。这些闲嘴调剂了客居的生活，否则就太闷了。这个酒店，让她想起汉堡的中国大厦，住在那里的时候，独自一个人，但有公务在身，总是社会中人，多少有些刻意地回避交道，有大国企单位的骄矜，也有避免麻烦的用心，是一种自恃的寂寞。而现在，是真寂寞，仿佛游离在真空地带。

女儿从来没到过新泽西的酒店，静听母亲述说那些杂碎，似乎只是出于礼貌。她们母女间一直或者说越来越保持礼貌。这固然没什么不好，可也没什么好。有一回，听完母亲的大妈们的故事，大约觉得应该作出些反应，不至显得态度冷淡，女儿说出一句评价：老阿姨多半是粗鄙的。她顿生反感，回击道："老阿姨"这称呼就很粗鄙！母女极少起冲撞，她出言又过激，女儿不禁怔一下，然后笑一笑，过去了。还是年轻人更有礼貌。她却有些微的失望，心底积蓄着一股冲动，自己都无法解释的，就是想刺痛女儿，可此方矛头一出，彼方适时避让开，到底没交上火。

女儿真正的兴趣所在，是关于买房。在这里，议题变得具体了，不像她父亲，从务虚始，到务虚终。每一次去——住新泽西酒店，就总是她去女儿住处，每一次，都得到一批售房信息，从网络上搜索下来，也有她朋友推荐，全是曼哈顿岛，或中央公园周边，或苏荷，切尔西，抑或第五大道。许多中国人在那里买房，女儿说。她以商量的口气建议，为什么不考虑皇后区，那是中国人聚集的地方。女儿笑一下，这样的笑容，常会使她瑟缩，自觉得变成受教诲的人。女儿笑一下，说，从投资角度出发，曼哈顿的地产有更大的增值空间。她喏嚅道，法拉盛一带正趋向上扬。自知说服力不够，就又添一句，中国餐馆多，生活方便。女儿回答一句，曼哈顿也有许多中国餐馆，重要的是文化生活丰富，性价比更高。对话沿着买房的主题进行，倘若换成她父亲，每一个岔口都会旁出去，比如餐饮，比如乡谊，比如文化，都可激发谈兴，见仁见智。说的和听的，一概忘记初衷，不知道来自哪里，又去往哪里。当年，她便是被带入迷局，一去千万里，回头看，沧海桑田。难免感到庆幸，几回折转关头，都没出错招，尚还有歪打正着处。似乎有一条潜在的轨迹，引导他们的脚步。事实上，应该感谢那个时代，刚从计划经济走出来，选择是有限的，非此即彼。倘是另一种选择，道路不同，结果未必有大差别。草创的世界，各路英雄殊途同归。不像今天，机会很多，陷阱也同样多。但不论怎样说，丈夫确是性情中人。女儿不像父亲，那么就是像她，理性、清醒、冷静。这些禀赋在她，更多体现在谨慎，甚至一定程度的保守。女儿呢？似乎，她忍不住想，似乎缺乏热情。

环顾女儿的住处，有一种刻意的凌乱，大小靠枕东一个西一个，斜面长案上散放着绘图工具，形状莫名的雕塑直接立在地板上，台灯、蜡烛、香薰、几盆水生植物，分布餐桌、茶几、料理台、上阁楼的木梯边缘。杂物的堆砌中，因为总体上几何线条的结构面，呈现肯定的秩序。女儿不在的时候，一个人待在房内，小心翼翼地走动，避免搅乱这些物件的摆放，她觉得，这间"工作室"公寓房，很像一个橱窗，第五大道上的奢侈品商店橱窗。她怀疑，这面橱窗的背后，还有没有日常性的生活。她想起她的婆婆家，终年散发着咸鲞和虾酱的腥气，那是宁波人家特有的气味，从八仙桌底下的坛子里蹿出来。小小的女儿，跪在椅上，操一双竹筷，吃海瓜子，一只一只送进嘴，然后划一大口泡饭，很快，跟前堆起一堆壳，透明的粉红的螺钿。那细细的颈脖子里,也有一股子海瓜子的咸味。现在,小姑娘长大了,身上的气味换成可可·香奈尔的国际香型。

在女儿的安排下,她还见过一位房屋中介商,荷兰裔的美国人,会用中文说"你好""谢谢""恭喜发财",古怪的发音里有一股油滑。介绍的房屋在公园西大街,原本是酒店,然后改成住宅。宽大的门厅、走廊,房间分走廊两侧排列,依稀可见昔日酒店的痕迹。推进门去,迎面满窗绿荫,正对中央公园。受限于原先的客房的格式,内部形制多少有不合常理处。比如原先的套间要成为独立的两卧,不得不横断空间,立一面墙,辟出玄关,重新开门,难免局促,厨房和浴室对于家庭起居也是逼仄的。她倒有点动心,因为想起上海的那种前厢房,而且,使用过的房屋有一股烟火气,是过日子的气息。她没有流露喜欢,但询问的仔细,让中介先生窥见成交的可能性,即便这一处不行,还有另一处呢,中国人可是购房的国际主力。往返对答,中介先生也判断出这个中国女人属理性消费人群,相当专业,正对他口味。他就是不怕专业,而对不专业生惧,在这法制社会里,对规则有共识,一切都好说了。

女儿在一旁静听,态度变得驯顺,使向来严峻的表情松弛下来，小时候的笑靥隐约又回来了。她温存地投去目光，想到小小年纪一人在外的诸多不易。这一天，母女间相处和谐。和中介先生告别，对方说了一句恰如其分的中文：后会有期！三个人都笑起来。然后，她们走进公园，挽着胳膊。早春时分，气温还很低，前一场雪未化尽，吸纳着正午的热量，空气凛冽，直入肺腑，身上起着轻微的寒噤。载客马车走过去，马粪味扑鼻，带着畜类的体温，在清冷中散播开。一个跑步的男人赶上她们，身上冒着热气，奇怪的，也有着同样的体味。女儿的手伸在肋下，使她想起很早以前，那软软的小身子，不由紧了紧臂弯。母女间的肌肤之亲向来很少，事实上，不是吗？她也是缺乏热情的母亲。

女儿说：那人好像怕你呢，妈妈！如何见得？她问，小心翼翼的，多少有点巴结。女儿做了个表情：转着眼珠，飞快地梭巡，就像一个猎手跟踪他的猎物，有几分神似。她发现女儿竟然是活泼的，并非表面的矜持。谁知道，也许在心里骂我们呢！她说。嗯？女儿停下脚步，困惑地看母亲的脸。怕和骂，是同一件事，她说。什么事？女儿问。我们的钱！她回答。哦——女儿吐出一口气，迈开脚步，手滑出臂弯，走到前面半步。绒线帽顶的毛球随脚步摇曳，留长的头发从帽底流泻下来，垂到黑呢大衣肩背。她想起自己的青春，在惶遽中度过，不曾流连，就远遁不见踪迹。那背影忽然顿住，转回身来，说：所以，妈妈，所以，我们要买房子，买给他们看！这孩子气的话里有一股凛然，她明白这凛然的来由，不在父母亲身边长大的孩子，总是缺乏安全感，于是，过度防卫。清寂的公园，四边楼宇远在地平线上，母女二人站在大块的天空底下，仿佛遗世孑立，心中就有苍茫生起。这是她的孩子啊，近不得，远不得，拿什么去爱你呢？

下一回再来，是与丈夫一起，在林肯中心对面新建公寓里，全款买下一套。其时，复古主义一改为现代主义，自有一套理论。他认为，酒店是幻象，住宅则是现实，前者是一时间，后者是长此以往，一是传奇，一是日常，彼此不可取代互换。而且，他强调，必须新建筑，不能二手房，前人的遗痕会成为魅影，打扰现在式的生活，那些幽灵的传说，逐渐在科学中显形，比如红外线，比如超声波，比如暗物质，现代物理学正在向东方神秘主义归宿……她的心情却正相反，一旦买定房子，反倒像是做梦，一个明晃晃的白日梦，说话起着回声，身影倒映在蜡光锃亮的地板。丈夫似乎也有些生畏，噤下声气，办完手续的次日，便丢下妻女，独自回国去了。

## 四

有时候，她不禁会想：为什么是我，为什么是我们？四周都是异族人的脸，忽然间恍惚起来，不知道自己身在何处。面对生活急剧的变化，女儿比她镇定多了，更像是知道要什么，并且向目标接近。搬进几件家具——这时体会到丈夫拍板买新公寓的正确，不需要装修，直接就可入住。几件家具虽不足以填充偌大一套房，但到底消除些空旷。她继续寻找开拓事业的方向。女儿临近毕业，是读硕士，保持学生身份，倘不是，就要求职。学习设计的学生一大堆，尤其是中国学生。这是个暧昧的专业，什么都沾，又什么都不沾。所以，她需要将女儿的出路纳入她的计划。这一日，到唐人街买菜，一时兴起，走上威廉斯堡大桥，往布鲁克林去了。

布鲁克林正在兴起，大有飞跃的势态。可是，像她，一个谨慎的生意人，本能地对这种经济发生的模式持保留态度，那就是制造业衰退，以艺术家为主体的设计型产业进入——这类产业的利益链相当含糊，在资本市场的考验中，命运很不确定，或者淘汰，或者转变，抑或真如预期的蓬勃发展，然后又回到萧条。

苏荷地区经历大半世纪走完的周期，如今越来越短促。省略发生过程的复制，总是缺乏自然的生命力。历史进入现代，复制又在加速。大约在机器诞生，再推远，人类掌握工具的时候，就已经注定的命运——她发现自己在沿着丈夫辐射型的思路，漫游开来，哑然失笑。天下着毛毛雨，威廉斯堡大桥的步道上极少人迹，城市在脚下勃动，桥面震颤，顶上是巨大的钢架结构。这城市定是在盛产钢铁的年代建设，你能感受坚硬的骨骼。钢铁铸造一座城市，尚有剩余，于是流向战争。在地面看，威廉斯堡桥不过从东河这岸到那岸，走上去，可是漫长。引桥跨越几个街区，河面又出乎意料的宽阔。偶尔有人迎面走来，观光客和慢跑者。列车轰隆隆驶过，整座桥梁都在跳跃。太阳忽钻破云层，大放光明。雾气下沉，沃拉博特湾、曼哈顿桥、布鲁克林桥，一下子浮托起来，水鸟飞翔。只转瞬之间，云层闭合，光线收起，景物又退下了，仿佛海市蜃楼。这地场真是大，开发四百年，不过只是一个角。所以，就还有一股原始的野蛮力量，从现代性中穿透出来。

　　计算一下，陈玉洁在桥上足走了有一个钟点，步道在引桥中段向地面下去，穿过桥墩的钢柱，就站在了路口。停了停，顺势一转，依街道数字排列，从小号码向大号码走去。路上很清静，建筑多是陈旧和简陋，多少是破败的，犹太人的"贝狗"店，还有中国餐馆，间杂着狭小门面的店铺，是年轻人自创的品牌服装和小礼品，后现代设计型风格，稀奇古怪，用途不明，显示出物质过剩时代生长一代人的消费理念。这样的小店，每一分钟都有无数间开张，又有无数间关闭，不是作为单个，而是一个群体，维持着它们的存在。然而，谁能就此下结论呢？在一整个街区的草根性中，这些小铺子，却是华丽的很，穿越到未来，那里兴许有传奇在等着呢！时间已到午后两点，饭店都歇了，准备晚市开业。又走过一个路口，看见中国字样"牛铃"，名字有一些新鲜的情调，但招牌底下的门面，却是唐人街的旧俗，红灯笼，绿窗棂，翘檐上的黄琉璃瓦，日晒风吹，再蒙上油垢，显得灰暗。倒也让人踏实，因有一股柴米油盐酱醋茶的气息，透露出温饱的人生。

店门侧边的街道，停一辆小型运货车，地面上的铁盖掀起，露出一个男人精瘦的上半身，接着卸下的货物。她伸头向店里张望，黑洞洞的，也是歇业的样子，正要退出，却听一个女人的声音：吃饭吗？循声看去，门内酒柜后面原来有人。她说是的，女人就说，随便坐。稍适应店堂里的暗，走进去，在临窗餐桌坐下。天光带着窗玻璃上的污迹，映在桌面。酒柜里的女人问：吃什么？声音远远传过来，更显得店堂的空廊。她看见桌上夹子里有一束菜单，懒得翻看，只简单说一声：炒饭！这是每个中国餐馆必备的速食。隐约感觉女人叹口气，走出酒柜，向后厨去了。显然，厨工们休息了，只得亲自出马。小货卡卸车完毕，扣上挡板，路面的铁盖板放下，这些动静都是清脆的。后厨里的排风扇打开了，呼呼响，油锅哗哗炸开，葱花的气味就传过来，有一股居家的安宁。店堂里的暗将空间四合，人在里面，甚至是温馨的。她想，布鲁克林是个不坏的地方。排风扇停息下来，在惯性里当当响了两声，听见男人和女人的说话。不知道说什么，只是一些音节，短促地轻盈地来回。店堂和厨房连接处有一方亮，嵌着男人的身影。大约是搬运，推拉收放，动作生风，像是有功夫。女人端着餐盘出来了，未到跟前，已香气扑鼻。

葱青蛋白的炒饭上，覆着一层金黄，仔细看，是油渣，送进嘴，原来是炸虾米。女人并不走开，而是站在桌边，指导用餐，将虾米和饭一并入口，果然，米饭软有劲道，虾米松而酥脆，口感味觉受用无穷。好不好吃？女人问。好！她顾不上说话，只回答一个字。算你有口福！女人说，是我们家乡的饭食，从来不做给客人。家乡何处？她稍停下筷箸，问道。青田，女人回答，依然站在桌边，两只手支在桌沿。余光所见，是一双丰白的大手，就有些记忆回来。女人继续说：温州那一系的菜在外国打不开，洋人就认那几样，酸辣汤，咕老肉，宫保鸡丁，春卷，美国人的脑子有病！陈玉洁忽然想起了，抬头看女人，女人不看她，眼睛平视窗外。有汽车驶过，还有人声，零落的，这一处，那一处。洋人是一种奇怪的人类，女人说，他们没有口福，从小到大，就吃那些炸鸡，烤牛排，煎三文鱼，无论什么肉，都要做成一块一块，用手抓得起来，然后再添加调料，所谓"挚司"，这"挚司"又只是几味，翻来覆去的。说话间，盘子清空大半，她的思绪已经跑开，听不到女人说话，却在一件事上盘桓。她见过这女人，可是又无法断定，不相信如此巧合。正是不相信，才更觉得是见过，因为非出于巧合，而更像是机缘。她放下筷子，问出一句：老板娘从何处来到美国？女人呼出一口气：说来话长。转身喊一声，男人即来到跟前，收走盘子。然后拉开椅子，在对面坐下：我就不当你客人，老乡见老乡。眨眼工夫，男人又到跟前，送上一壶茶两套茶具，腿脚进出颇有架势。女人说：你看他像不像李小龙？陈玉洁笑：像！女人正色道：练过咏春拳，拜师傅的！随后加一句：我男人。男人一笑，露出洁白的牙齿，旋即离开，不见人影。

十六岁从家乡出来，我今年四十六，整三十年，半个甲子。两人面对面，没有其他人，生出一股推心置腹的气氛。陈玉洁说：我比你长四岁，半百。对面人说：还以为我长你呢，真后生！谢了夸奖，心里推算回去，七十年代初，正是革命时期，国门紧闭，一个十六岁的女孩子，有什么通道出来？女人仿佛看穿她的心思，接下去的叙述正可为解答疑虑。十六岁，个头这么高，女人伸手在一米多点的位置比划一下，又瘦，自己都记不清，夹在什么人的胳肢窝里，搭车、乘船、走路，再搭车、乘船、走路，到了欧洲。她心里又是一动，定睛看过去——饱满的脸颊，眼睛周边略有些松弛，眸子却是亮的，短鼻梁，厚嘴唇，宽下巴，肤色稍显黑粗，但因为紧致，就有一层光，是个健康的女人。却又拿不定了，是那个人吗？其实连长相都没看清，仅一个轮廓，而眼前这个，具体，生动，于是，就不像了。陈玉洁小心翼翼地问：你的意思是偷渡？女人笑起来，抬手四下一扫：我们都是偷渡，他是游水，游到香港，然后——你们在哪里遇见的？她问道。女人做个制止的手势：还没到这一段呢！她被逗乐了，像不像的那回事扔到脑后，忘记了。

说出来怕你不相信，没有人相信，登岸头一站，意大利佛罗伦萨，竟然长个头了，身上阔出一圈，就是现在这样。确实让人不敢信，女人又一次窥到陈玉洁的心思，解释说：你知道为什么？她摇头。我们温州人是生在石头缝里的人，挤着手脚，好容易挤出来，砰的发开了，就像爆米花！两人都笑了。佛罗伦萨去过吗？她点头。你们是旅游，看的表面文章，不会知道内情——内情是什么？她问。对面人倾过身子，耳语般说：到处是我们的人。她不由也倾过身子，压低声音：真的吗？对面人点头：不止佛罗伦萨，罗马、巴黎、里昂、布鲁塞尔、阿姆斯特丹、柏林——她怦然心动：柏林？是的，到处是我们的人。哦！她说。再告诉你一个秘密，女人向她招手，示意靠拢，这样，就头碰头了。你知道，全世界的经济命脉掌握在谁手里？她回答：美国。不！女人摇头否决，犹太人。嗯？她离开些，看着对面人，那人狡黠地眨眨眼，说：温州人就是中国的犹太人。

光线移过来，从女人侧脸照过去，可能是用了一种植物染发剂，呈出红紫色，就像鸡冠，她忽然又觉着是同一个人，不是因为外形相像，而是某些潜在特征促成的重合。女人自十六岁开始的阅历可够漫长曲折，难怪要话说从头。遭驱逐，买卖假护照，蹲移民监——移民监有什么呢？吃喝保证，还放电影，社工服务，心理疏导，教授英语，关键是要有人！女人强调。就这么一程接一程，一关过一关，后来到了柏林。又是柏林！她要插话，被制止：你知道我怎么到柏林？我怎么知道？她反诘，两人开始熟稔。结婚！这倒出人意料了。也是青田人，早多年出来，已经入籍，在威斯巴登开餐馆，你不会知道，很小的城市。可是她偏偏知道，就在法兰克福近边。女人看她一眼：你倒是知道的不少！有些不满意讲述被打断。那一年夏季，威斯巴登举办美食节，市政府提供摊位三天，中国人的食亭总是春卷打底，青田人开车到阿姆斯特丹进春卷，阿姆斯特丹的春卷大王，上财富榜的，女人呢，正在那里打工，然后，就把人和春卷一起捎走，春卷送到威斯巴登，人带进柏林，那时候，还分东西两部，就在西柏林库当大街开出一家分店。她终于插进话去：我是不是去过你的店！然后说出时间，地点，以及老板娘的形貌，几可断定，就是你！对面人并不惊讶，在一个餐馆老板娘，阅人无数，不像她，会以为是传奇。有可能！女人承认，更像是敷衍，不忍让她失望。那时候，老头六十岁，我二十六，就是说，出来整十年，总算有了身份。

话说得轻巧，事实上，上世纪七十和八十年代，欧洲殖民地纷纷独立，移民潮涌动，人口激增，德国二战重建中的土耳其劳工尚未消化，合法居留谈何容易。具体到个人，六十岁的年纪阅历，一定还有家小，而且，很微妙的，不是居住威斯巴登，而是飞地柏林，其间一定有许多曲折。但在对面的人，什么没经历过呢？就也不在话下。她好奇的是，如何一见钟情。青田话呀！女人说，有多少人听得懂青田话？无论你说英语、德语、西班牙语，就算普通话、广东话、上海话，青田口音藏也藏不住，老头听我说话，眼泪就下来了。她质疑：不是说，到处都有你们的人！女人说：可是也要遇得到，比如，今天，你遇到我！她感觉到女人的机敏，机敏里不单是反应快，还有一点慧心。男人走过来，与女人说着什么，又退回去。大概是商量，什么放什么地方，什么又作什么用。你们说的什么话？她问道。他说福建话，我说青田话。说得通吗？她怀疑。女人大笑道：要看什么人和什么人！说罢，推开椅子站起身，知道是结束的意思，就要买单。女人说：看着给吧。她抽出二十元，压在茶碟底下，女人抬头示意，走来一个华裔女人，收走钱。又有一个墨西哥人，过来擦拭桌子，员工进来上班了。不知觉中，过去半天时光。走出"牛铃"，心里还有许多未解的疑问，比如，福建人与青田人，也就是女人的"前夫"，不知道能不能这样称呼，他们如何交接班？显然，福建人还年轻，看起来是出劳力的人；又比如，为什么从柏林来到纽约布鲁克林。但又觉得这些疑问已经有解，这样一个女人，可能制造任何传奇。她没有继续在布鲁克林游逛，也没有按原路返回，而是走过两个路口搭乘地铁，回曼哈顿去。这半日的经历让她疲乏，又有一种满足，邂逅、美食、陌路的人生故事，仿佛跟随走了一程。都是计划外的遭际，集中在同一时间里降临，令她应接不及，倒把去布鲁克林的初始目的搁置了。

接下来的日子，变得忙碌了。女儿正式告知，要读硕士，于是，寻找学校，提交申请，报名，缴费，一连串的手续。其间，她注册的公司——其实是个空名，为的是签证与货币进入，此时，国内金融出台新政，汇兑额度有变，就需要打通关节，另辟路径，决定回国调停，买机票，定行程。可是，丈夫的合伙人来纽约度假，她当然有义务出面接待，于是推迟动身。这些到底也难不倒她，都在可控范围，冷静处理，乱麻中理出头绪。事情只要一件一件做，没有做不完的时候。客人到的这日早晨，先在电脑查到飞机准点信息，然后启用优步系统叫车，向纽瓦克机场去了。

虽然步步周到，接人却并不顺利，后来回想，其实是兆头。看起来，两件事情没什么关系，可大千世界就像一张网，网眼扣网眼，所有的事端都连在一起，所以，她还是视作预兆。飞机已降，却久久不见人出来。眼看着几次航班先后到达，依然少有人出来。打电话联络，对方不接听，等对方来电，她则手机故障，接不起来。特别通道出来三两人，问得的消息只不过是，海关处排长队，过关的效率低，窗口少，人越积越多。然后，又有三两人出来，再然后，就仿佛突破瓶颈，络绎成阵，却看不见要接的人的身影。她怀疑自己错过，因与这人所见不过几面，都不太想得起来确切模样，于是出门到出租车站上搜寻，忽又怕正巧这时人出来，掉头跑回去。往返梭行，焦虑得很，颇不像她一贯行事作风。好不容易，隔了玻璃门看见大腹便便一个男人，空着手，摇摇摆摆走来，已经看见她，远远地挥手。

五

合伙人一行四人，他，太太，太太的妹妹，再加一位助理。从行李车上一撂半空的箱子，就可知道，主要任务是采购。助理小殷兼任导游、翻译、拎包，陈玉洁并不必陪伴全部，为尽地主之谊，到的当晚，在哥伦布圆场边的一家米其林接风宴请，随后再视情形而定，随时准备提供服务，反正"全天候"，她笑道。合伙人姓戴，是丈夫大学里的同级，看年轻时照片称得上英俊，如今发福了，找不到原来的样貌，仿佛成另一个人。他们这一代成功人士，到此时多是激流勇退，享受胜利的果实，在戴先生，就是口舌之欲，所以养成现在的身形。经长途飞行，在时差的折磨里，照理没什么胃口，可戴先生的味觉依然能够分辨细微的差别。他说，和女士不同，他的任务是吃，因此，可不可以脱离团体，单独活动？眼睛看向太太，征询的却是陈玉洁的意见。小殷归购物团，陪吃就当另安排，方才不是说了吗？全天候。如此这般，以后的日子里，每到饭点，她就去到酒店，而戴先生已经在大堂等候。太太们早出发一二小时，甚至更早，天方亮，便驱车往长岛奥莱去了，然后，向晚时分，归来集合，一同去吃晚餐。她的计划是中午小吃，晚上大吃。前一晚就做功课，网上搜下菜单与图片，供作挑选，听多方意见，最后由她集中民主，作出定夺。

俗谚道：祸从口出，这话真就应验了。

要说她和戴先生，原本并不相熟，甚至可说生分。她和丈夫的事业，从头起就没有交集，各自的人际社会就也不重叠。晚饭好些，人多嘴杂，将时间分摊，各说各的，又总能说到一起，自然就热烈起来。中午一餐，单独相对，就受到冷场的压力。难免过度积极，一个没说完，一个就开言，形成争抢，为礼让一并打住，立时变得沉寂，又一并张嘴出声，彼此都是紧张和窘。这也被视作不好的兆头，如她的性格和历练，待人接物向来从容，这一回，却失态了。于是，话题泛滥，必要和不必要，该说和不该说，滔滔不绝，一泻几千里。说和听的都无法集中注意力，任其无度扩张弥散，其中多少挟带出一点实情。真正的端倪，是女儿识破的。

有二三回午餐，女儿与她同去，三个人，其中又有一个年轻人，气氛就活跃了，她也松弛精神，偷得几分悠游。每一次去，戴先生都会替女儿买礼物，每一次分手，就都提着大包小盒。回到家中，坐在地板上一个一个拆封，包装纸摊在四周，就像过圣诞节。她说：戴先生这么破费，真不好意思！女儿没抬头，忽然从鼻子里哼一声，戴——她这么称呼，"戴"，呈出一种客观的立场——戴送我礼物，爸爸送维维安礼物，总量上是平衡的。"总量"这个词是从父亲那里来，丈夫他，凡事都是从总量计。心里一惊，这才发现，"维维安"这个名字在说话中出现许多次，太多次,仿佛已经是个熟人。镇定一下,说:维维安是谁?与你有什么干系!女儿抬起头,望着母亲:别装了——说得不错,他们家的人都会装。别装了,女儿说,那是个小三,跟着爸爸到这,到那。是一代人的缘故,还只是个体,女儿说话如此直接,直接到粗鄙。你爸爸的助理,自然要跟随左右。她辩护道,自己也觉着是软弱的。年轻人笑了:你听戴的口气,好像我们已经承认她,都没有一点遮掩回避。那更说明一切正常!她听见自己的声音变得尖利。女儿又笑:好,好,正常!她看着女儿的脸,那么年轻,美丽,同时,又邪恶,做小三的,正是这样的脸。她控制不住地,举手抽过去一个嘴巴,那脸上立时泛起一片红,眼泪下来了。女儿将礼物从膝上推下去,站起身回自己房间,重重关上门,砰一声响。她被自己吓坏了,站在原地,动弹不了。从来没有动过手,一直是小心翼翼,也很久没看见过女儿的眼泪。地上铺着礼品的包装纸、彩带、晶片、玫瑰花样的撒扣,似乎铺到了地平线。这么大的房子里,只有她和她。

心跳得很快,却很奇异的,有一种类似愉悦的痛快,终于,终于发生了!发生了什么?该发生的。她想起戴——现在,她在私下也称他"戴"了,戴有一句口头禅,"你知道",凡陈述一个人一件事,必要说一声"你知道",于是,维维安的存在,就都是"你知道"。她好笑地想:你才知道呢,我什么都不知道!

为什么是我?仿佛天问。为什么不是我?反过来又问了一句。她陪女儿读书,他打拼挣钱,这样的家庭模式,在他们的阶层已成普遍。同时的"普遍"还有,还有维维安。她其实一直在等待维维安现身,必须有一个维维安。正因为有维维安,才能相安无事,社会和谐。她静了静,然后拨打小殷的手机,表示道歉,晚上突然有事,不能陪大家吃饭,但餐厅已经订座,某条街某个号码。小殷说,没事没事,包在他身上了。听起来,对面的环境很嘈杂,小殷的声音破壁而出。关上电话,尝试将戴的出行换一种组合,由丈夫率队,维维安,维维安的姐妹,或者说是闺蜜,再加一个"小殷"。很好,四个人是最合理的人数,乘车一辆,吃饭一桌,可一并出动,又可分头并行,而他们一家三口,在数学上是个素数,物理上则不对称,总之,缺乏平衡的条件。

她做好简单的晚饭,等女儿出来,心里准备着道歉的措辞,承认女儿的判断有道理,以达成共识,然后,然后怎么样?要表态吗?是决裂,还是接受现实?事情来得太快,猝不及防,可是,事实上,她一直在拖延。戴的来到,从接机开始,到每餐饭没话找话的焦虑,都是预兆,预兆真相逼近。她几次起身走到女儿房间门口,欲敲门又作罢,本来就有畏心,如今这一时刻,更是不敢面对。她这才发现,她们母女被安置在这地方,多少有着受打发的意思。饭菜都已凉了,女儿走出房间,看起来,表情无异常。走到餐桌边,直挺挺坐下,说,已经给父亲发信,要去巴黎学艺术——维维安去得我去不得?说罢,捡起筷子,吃起饭来。她久久不动碗箸,有一种寒冷,原来,她不需要表态,谁都不要她表态,她这个当事人,结果成了最无关的人。

戴在纽约的余下几日,循事先安排顺利度过,购买与美食均超额完成任务。又添了两口箱子,戴的腰围似也扩出一周。送到机场,看他们走进海关,四个人的背影换成那四个人,想象中的组合,迅速转身离开。最初的冲动,是回上海,机票就在手里,只需签日期,但很快颓唐下来,去又如何?一进一退之间,丈夫那边来邮件,说去了香港。那么,她也去香港。香港是客地,这样处境和心情,实在凄楚得很,于是又迟疑了。时间在无所作为中过去,越发像是一种默认。她转而希冀丈夫来,买房至今,已有一年半,丈夫再没有出场,回想那一回走,难免有落荒而逃的迹象。近来,关于女儿去巴黎的事,照理应当全家一同商量，可都是父女两人邮件往来。女儿每一项要求，合理或不合理，父亲全欣然答应，不作深询。既像是还债，又像是敷衍。这段日子，生活费用以及女儿的额外开销，依然按月汇到，不知从哪里收集的汇兑额度，更可能是，及早转到外汇账户，这意味着什么？意味他希望她们母女安下一颗心，住在纽约，衣食无忧——从这点说，并没有放弃责任，继而想起戴的一句话，他感慨道：这世界上有多少单亲妈妈！怎么说起来的？前后文想不起来了，反正聊天嘛，漫天漫地地海聊，又都喝了酒。心里一动：维维安会不会就是其中一个？她不禁血脉偾张，心跳加速。去香港的念头又生出来，而且无比强烈。她拿起电话，打给惯熟的旅行社，了解飞香港的航班。问答之间，情绪复又平定。这就是她，与外界交道总是冷静、克制、礼貌、矜持。于是，讨论到具体票务事项时候，冲动消失，她改了主意。放下电话，她兀自笑一笑，忽明白一件事，所以她想做这，想做那，最终什么也不做，其实就一个原因，她不知道该做什么！有谁能告诉她，她该做什么？这就又明白第二件事，那就是，异乡异地，她去了来，来了去，无论住多久，都是在过路，她没有朋友。

女儿转向去巴黎读书，撤销纽约学校的注册，索回部分学费，报名一个法语课程，小班授业，价格极昂，父亲照单全收。有什么可商量的，"维维安去得我去不得"！最初的狂怒过去之后，女儿找到维护权益的方式，就是花钱，于是安静下来。法语课也给生活制定纪律，每日上课下课，朝九晚五，散漫的时间归入河床，流向某个目标。余下她独自一人，仿佛在宇宙洪荒，无边无际，无羁无绊。她毫不怪罪女儿自私，在这样的年龄，成长本身就有无数困难，何堪外部的变故，能保住自己就很好。至于她，即便最消沉的时刻，也有一种自信，自信不会坠落，只是需要耐心，切勿慌乱。丈夫不再来电话，当然，她也不去电话。显然已觉察出什么，也可能，本来就是戴领了使命，有意露出口风。也好，她想，很好。她想，真是太好了！她继续装不知道，他也装她不知道，他们都会装。

天气好的时候，她出门走走。樱花绽开，一树一树。什么种植，到美洲新大陆全都变样了。亚洲的樱花，像"雾"，扑朔迷离，在这里却是确凿肯定。历经寒冬，春阳高照，人们涌上街头，无端地笑和叫喊。她却从欢欣的人群中辨出几张落寞的亚洲人的脸，不由猜测他们的身份、来历、生活。梅西百货里，每个专柜几乎都配备中国销售员，接待中国顾客，兴兴头的中国顾客,也有落寞的脸,在柜台间无目的地游走,她就是其中一个。有人往手里塞广告和试用样品,说些什么,她听而不闻,只看见嘴的翕动。在凹凸分明的异族人面相里,中国人脸显得扁平多肉,中国话也显得音节短促,声调突拔。不乏有年轻貌美的女孩,妆容精致,穿着时髦,表情傲慢,出手极为阔绰,大约都是维维安们。未曾谋面,就知道维维安的形貌,这已经成为概念,她,是另一个概念。怪不得,她想,怪不得美国人分辨不出中国人谁是谁,因为都是概念。有一只手,拉住她的胳膊,不禁吓一跳。是"兰蔻"品牌的销售员,中国人。当然是中国人,唯有中国人,才会动手拉人。这只中国手,按着她的胳膊,向下滑去,握住她的手。她并不反感,也没有挣脱,就这么留在销售员的手掌里。那是个中年女性,眼影和唇膏都洇染出边缘,就这样大妈型的女人,加倍会拉人。试试吧!大妈恳求道,不一定买,试试没关系!身不由己地,被按坐在椅上,椅背放下来,成半躺,合上眼睛,由一片清洁棉片在脸上擦拭。柔软的、清凉的棉片抚过脸颊,不防备的,眼泪涌出来。棉片擦去旧痕,新泪又下来了,她几乎哽咽。棉片湿透,又换干的,很快又湿透,再换一片。整个过程中,"大妈"始终静默着,直到做完清洁,试妆完毕,终究买下一瓶粉底霜，方才说出一句：对自己好一点。她惭愧起来，不回头地逃离"兰蔻"，走出梅西。

然而，这次际遇让她想起一个人，两回邂逅，称得上有缘，下一日午后，便出发往布鲁克林"牛铃"去了。她依然从威廉斯堡桥步行，走路可使心情平静，也可以消耗时间。也许是出发早了，还是脚下加快了速度，或者是路熟，到地方，午餐供应尚未结束，正是热火朝天。老板娘亲自上阵，点单、下单、买单，托着菜盘餐桌间梭行。今天，换了一身白色衣裤，丝绸与化纤合成的材料，垂荡感很强，随动作起伏，前襟和裤脚上的彩绘花样时隐时现，有点像戏台上的女子。她茫然站在门口，牛铃一径地响，没人过来领座。有几度老板娘的眼睛掠过来，又掠了过去，似乎没有认出她。等了一刻，终于有人过来招呼，认出是上回管收账的华裔女人，将她领到中间一个单人小桌，靠着立柱，这样，更不易被老板娘发现了。女人快手快脚送上一杯水，从桌上夹子里抽出菜单放在跟前，旋即要离开，赶紧叫住，也不看菜单，就点一个炒饭，希冀唤起老板娘注意。一抬头看墙上的时钟，已过中午饭点，客流依旧汹涌，甚至排起等座的队伍。窗外街道上的人和车也比那日稠密，竟然有换了人间之感。不一时，炒饭上来了，不是上回的，而是所有中国餐馆里专对美国人的口味，虾仁、鸡粒、葱段、蒜头、芥蓝叶，盘边镶几片炸龙虾片。吃着炒饭，眼睛追寻老板娘的身影，立柱挡着视线，目标就常常消失踪迹。倒是后厨里的油烟一团一团送过来，仿佛看见那精瘦汉子立在灶火前翻着炒勺，铁铲当当地敲着锅沿。勉强吃下三分之一，再加把力，也为拖延时间，大约有一半光景，就招手打包和买单，起身向外走。她有意绕路，在餐桌间曲折往返，寻机会与老板娘照面。老板娘埋头在收银机前，她又加紧脚步过去，不等走近，老板娘却又离开了。推门的瞬间，她感觉到自己的荒唐，萍水相逢，何以解忧。这时候，身后伸来一只手，代她推开门，阳光扑面而来，几乎睁不开眼睛。是那个华裔女人，开口道：老板娘谢谢你，下回再来！不及回头答话，已被新进的客人从门边挤开。

　　阳光在地面流淌，这一条街就变得颜色鲜丽，忽然想起，这一日是周末，所以人多。她这一个闲人，早已经没有日程的概念，尤其这一段，作息制度瓦解，更失去坐标，仿佛回到混沌世界。走在布鲁克林的街上，路人中大半是游客，手里握着照相机，东拍拍，西拍拍。她也是游客，一个老游客，看惯了风景，却还不回家。无意中，跟着游人，走进小店，一踏入门，就听风铃一声响。店主和顾客都是年轻人，商品也是小孩子的喜好，就又走出来，继续向前。再进下一家，风铃又一声响，街上风铃声连连，呼应与唱和。终于折回头，上桥，向曼哈顿走去。桥上也比那一日熙攘，桥下的水面起着反光，闪闪烁烁。桥栏上零落挂着同心锁，胡涂乱抹的言语就离谱了。心情多少开解些，甚至还用手机拍了几张照片。走到引桥，曼哈顿的市声拔地升起，一片轰鸣，偶有电钻的锐响从中穿透，轰鸣又蛰伏下去。塔吊在半空中缓缓移动，好像巨兽在监控它的猎物。她，迎头过去，不是勇敢，而是没奈何。

## 六

事情一开头，就径直往下走。还是那个戴——自从戴来过，丈夫就不再与她直接通信息，这就更像是一个预先安排。戴和她通话，告诉说最近形势变化，她先生不便自己出面，所以托他转告。人事更迭，频繁出台新政，他们这些依凭国企背景的民企，本来身份暧昧，如今处境就十分微妙，所谓"拉一把过来，推一把过去"，无论过去还是过来，接下来的麻烦都很不少，正面与负面的拒斥力量相等。在变革时期，骑政策中线所为，到立法趋向完善的当下，几乎件件都是出轨，他们这一批创业者，可说是有原罪的人，蹚过污泥浊水，替世人顶着十字架——现在，她想，圣坛要出来了！耶稣也要出来了！说话人仿佛不是代言的戴，就是丈夫本人，远兜近绕，归纳起来，一个公式：抽象问题具体谈，具体问题抽象谈。她很知道，他们其实越走路越窄，尤其新一代的虚拟经济起来，他们的实体性经营方式就算走到了刀锋上，"拉一把过来，推一把过去"，过来过去都是下滑。生产和市场临近饱和，旧的不去，新的不来，必进行再一轮分配，方可维系平衡。唯有丈夫这样的人，才会扯到"原罪"。对是对，可就是"扯"得很。她想着丈夫这个人，原来这么近，现在无比远。所以——戴说，现在，我们最好做隐身人，继续保持暧昧，留在模糊地带，回顾历史——历史也来了！她又看见丈夫的身影，回顾历史，这一片模糊地带比清晰地带宽阔，它处理了许多理论和实际的两难，总之——她打断戴的话：你的意思是——戴脱口说：不是我的意思！接着改口：也是我的意思。她不由一笑：你们的意思是什么？戴变得嗫嚅了，她忽然感觉，丈夫就在戴的身边，几乎听见他的呼吸声。戴期期艾艾道：就保持现状，一动不如一静。好的,她说,放心,我哪里都不去!对方沉默着,她也沉默,两边都等待着,等待谁先挂电话。是礼貌,在这里则成为一种对决。时间过去,对方到底没挨过她,挂了。她浑身颤抖起来,就像高热引起的寒战,不得不双手环抱,从一个房间走到另一个房间,从厨房走到浴室,从这个浴室走到那个浴室。这套公寓,简直成了囚室。她走遍每一个角落,来回穿梭,身上的寒噤稍平息些,才发现牙关咬得死紧。做着深呼吸,松弛肌肉四肢,心跳恢复正常,她能够思考了。

回想戴的电话,她以为国内正调整经济结构,许多企业主引退江湖,如丈夫这一行,涉及能源,追究起来,难逃咎由,滞留香港,不失为权宜之计。他早申办香港居留,如今满七年,便是合法居民,可是,可是……如果没有维维安,一切顺理成章,现实却是有一个维维安。她想到方才的回答,过于斩截,至少应该提些建议,比如,他可以来美国,全家团圆。丈夫英语不好,是一个否决的理由,再说,女儿要去巴黎,就谈不上团圆。那么,她可以去香港呀!她设想的反驳是,美国新买的房子怎么办?卖了!她在心里说。然后,又会得到一大段全球经济的预测性论谈——这个问题可撞上他的强项了。如此自问自答,果然只剩下一条路,她哪里都不去。想象中的对诘十分聒噪,都听得见声音,自己一个人的声音,对方只是沉默。这沉默漫延过来,将她一并淹没。

陈玉洁在沙发里坐下,疲倦极了。公寓里依然只有最初添置的几件必要的家具,动静都有回音,仿佛一个巨大的空洞。许多时间过去,日光转移,房间暗下,将空洞遮蔽起来,她感到一点安心。朦胧听见门锁响,一惊醒,原来睡着了。一张年轻美丽的脸,凑得很近,就在她睁眼的瞬间,又离开了。女儿回来了。惶惶想道,没有做饭,让女儿吃什么?等着听女儿抱怨,却没有。自从有了维维安,很奇怪的,不是在他们父女之间,而是她和她,起了隔膜。有时候,她觉得女儿恨自己,恨她无能,让维维安插足。大概还恨她不是维维安,否则,父亲的爱就不会这样分裂。两千年的晚会上,父女俩跳舞的情景出现眼前。两千年,不是开玩笑的,真的,什么终结了,什么又开启了!

思绪弥漫,忽听见女儿的声音:吃饭了。方才还动弹不得的身体,这时腾地起来。女儿打开餐桌上方的灯,摆放餐盘,盘里冒着热气,是速成的意大利通心粉。她坐到桌边,有些惭愧地,低头捡起叉子。餐桌很大,足可以坐下十至十二人的大家庭,就像意大利人的家庭。现在只有她们两个,一头一尾,隔着一具枝形烛台,阻断双方的视线。她大口吃着,夸赞道:

很好！自己都听出声音里的巴结。女儿说：谢谢。她们简直成美国人了，家人之间不停地道谢和道歉，这可以视作礼貌，同时呢，是不是也意味感情荒疏。停了一时，女儿说话了：法语课放假，我准备去上海，看阿娘。哦！她答应道，明天替你订机票。已经订好了，女儿很快回答。她抬头望过去，离得很远，在烛台的金属花枝后面，埋在灯影里的，绰约的脸，又长长的"哦"一声。明白了，女儿去的不是上海，是香港，她父亲出的机票钱。还是那句话，钱不是问题。不知道他们父女如何交割的，背着她，她已经出局了，没她的事。心里却另有一阵轻松——从女儿的示好，浮泛的，冷淡的示好，就可看出有事，现在知道是什么事了。女儿很快吃完，将空盘子留给母亲，事情说完，洗盘子的活就还给她了。

　　洗完盘子，收拾干净锅灶，对着厨房的窗口看一会儿。这幢公寓楼，兀自耸立，站在高层，就像身处云端。城市之光升起来，又将它托得更高。是装糊涂，还是为佐证猜疑，她走出厨房，到卧室里取了一叠钱，去敲女儿的门。等里面说声"请"，才敢推进去。女儿背对门，蹲在地上整理箱子，她说：把这钱交给阿娘。女儿说：有了。还是将钱放下，用镇纸压住。女儿没有回头，从背影看，似乎在哭，肩背微微颤动。纤细的娇好的身体,后颈里有一个浅窝。她都能感觉到这身子的体温和气味,还有哭泣。她想过去抱抱这身体,可明显感觉到一股拒斥。还有她自己,也在拒斥着接近。越是至亲的人,越是近不了。女儿在疏远她,事实上,她不也在疏远女儿吗?两个受伤人,各领一份伤心,合起来就是两份,情何以堪。她悄然退出,带上门。

下一日,她又去了布鲁克林。本还是决定走威廉斯堡桥,但中途改变主意,转为地铁。忽然心急起来,等不及要到"牛铃",见到老板娘。见到又怎样?上回去,见到也像未见到,原就是陌路,又因为陌路,才可倾心相诉。出来地铁,时间才到午后一时,生意正忙碌。但不是周末,兴许好些,就直往"牛铃"走去。她可以等,等客流过去,老板娘闲下来。就像上上回,面对面坐在无人的店堂,听老板娘讲述。这回该轮到她讲,就扯平了。过几个路口,即到"牛铃",推开门,果然不是周末的热烈,七成座光景。华裔女人一边送菜一边回头照应:随便坐!显然认得她。走进几步,在上回立柱后面的小桌坐下。华裔女人端着餐盘经过,放下一杯水在桌上,来不及说一声"炒饭",人已经走过去。四顾周围,没有老板娘的身影。华裔女人却又站到跟前,她想说炒饭,开口却是面条。什么面？女人问。牛肉面，她说。炒面汤面？汤面。这几句应答往来速度很快，方有结论，女人抄走菜单，又不见了。留心看店内形势，但见华裔女人和墨西哥跑堂，脚不点地，折返于前堂与后厨之间。后厨传出的声气亦有些两样，烟火吞吐不那么汹涌澎湃，铲勺砧板的敲击则显得零落。老板娘始终没有出现。汤面上来了，鲜浓异常，便知不是从食材中提取，而是来自现成的汤料，那几片牛肉是后放的，来不及煮滚，所以就半凉。有一种变故在发生。她慢慢地吃面，等待老板娘露面，或者说，等待事态水落石出。客人少去些，仅余几位，其中包括她。时钟指向两点，华裔女人立即挂出打烊的牌子，站到收银机前清点小费。看来，眼下由她掌管店内事务。

  碗里的汤喝尽，墨西哥人已经换上自己的衣服，双膝敞着破绽的牛仔裤，白色 T 恤底下看得见硬实的肌肉，走过她身边，笑一下，露出洁白的牙齿。现在，她是最末一个客人了。推开碗，站起来，走到收银机前索得账单，按最高一档小费给付。慷慨的数字让华裔女人脸色变得柔和，她趁便问：老板娘不在？对方含混地说"是的"两个字。她又问：去哪里了？回答依然是含混敷衍的：出去了。什么时候回来？她紧问一句，收银机后的人抬起脸，表情转为警惕：是老板娘的朋友吗？这句话将她问住了，顿一顿，说：是。女人怀疑地看着她，复又低下头去，不再回答。她仓皇退后，向门口去，自觉有落荒而逃的意思，反倒不甘心，镇静下来，说道：我们在柏林就认识。华裔女人一怔，猜不出眼前人什么来历，脸上又换一种表情：老板娘的事情，我们并不知道。

吃了个软钉子，多少有些悻然，走出来，茫然四顾，不知要往何处去。身后玻璃门里，有一双猜度的眼睛，想：这个女人是做什么的？她终于举步，沿街走去，街道渐渐开阔起来，也更加清寂，绿地和石阶上面，矗立一座犹太教堂。从底下走过，却进入一扇栅栏，浓荫蔽地，花枝扶疏，蜜蜂嗡嗡飞舞。想不到布鲁克林如此广大。她在石凳上坐下，不远处是儿童乐园，有母亲和孩子玩耍，话音和笑声散开来，轻盈地振动空气。她呼出一口长气，醺醺然的，仿佛有一股醉意袭来。小孩子走近跟前，仰头看她。黑亮亮的脸蛋，头发被红绿丝线扎成五六个小辫，朝天冲起。小孩将一枝花扔过来，她探身去牵手，却一个转身跑了。就这样，坐到太阳西移，该起身走了。掸去膝上的落叶，出公园，循来路回去搭乘地铁。经过"牛铃"，禁不住往里看一眼，这一眼分明看见一个人，在银台后面，不是老板娘又是谁？猛一推门，门里人倒是一惊。这时,华裔女人忽从店堂深处现身,说道:她等你好久!心中涌起感激,感激代她说出这句话。老板娘并不觉得有什么唐突,从银台后面走出,领她到临窗的餐桌,就是她们头一回谈话的地方,面对面坐下,女人已经端上一壶茶。其实,她这时意识到,老板娘早已认她做朋友,所以也就不问为什么事而来。积郁的情绪舒缓下来,倾诉的欲望也不那么迫切了,平静地看着对面的人,这就发现这人样貌有变。原本饱满的脸颊变得松弛,于是皱纹生出,不仅是面部,衣服里的身子也枯索了,肩袖处空落落的。华裔女人退出店堂,留下她们自己,就像那一天,可是不对,少了一个,在后厨入口处,光影里的身形。你男人呢?她问。病了!老板娘说。什么病?照理不该这样紧追,疾病属于隐私,她们中国人却大可忽略不计。再则,她们是有缘人。肝病。老板娘果然不瞒她,她却纳闷,肝病的人做大厨,可是大胆得很。医生怎么说?她接着问。换肝!对面扔过来两个字。有保险吗?那人苦笑一下:我们这样的人,都是自己保自己。她倒吸一口气,不知道说什么好。那人却奋勇起来,高声说:我可以把我的肝给他,切一半,可是,什么医学伦理法规,非亲属关系,不可捐供体。可是夫妻属于亲属关系,而且是最密切的亲属!她说。对面的人奇怪地一笑：我和你说，洋人的脑子有毛病，他们相信文书，市政厅的注册，或者教堂里的誓言，戒指换来换去，你愿意我愿意，就不相信眼睛，这是一种有病的人类！她明白他们没有婚姻合法手续，倘现在办理，就又要增加审核手续。我的心肝！对面人压低声叫道，将头埋在臂弯里，伏在桌面上，不动了。

本来是这一个说给那一个听，结果还是那一个说给这一个听。

精瘦、细长、腿脚有功夫、拜师学过咏春拳、福建籍的男人，柏林时候，是她餐馆的厨工，比她年少十岁，彼此有心，但因东家尚在。这东家于他们双方都是有恩，可说是收留他们的人，决不可辜负的。青田女人看着她，又奇怪地一笑：按洋人的脑筋，我没有义务，我和老头，既没去过市政厅，也没上过教堂，威斯巴登那边，老头家里，还有一大群人呢！她没问一大群人里有没有他的太太，有又怎么样呢？我们有人心！青田女人握拳捣捣胸口。老头是在柏林这边走的，没受罪，一觉睡下，再没醒来，积多少德，才有这般福气？也是个受苦人，跟伯父出洋，漂到欧洲，二次大战以后，德国战败重建，需要劳工，才有了身份。这时候，积攒了些钱，就在威斯巴登地方，做中国餐业，起先是一个亭子，渐渐做大，又各处开出分店，柏林店就是其中之一。老东家过世，她电话通知威斯巴登，等那群人来到，接上手，便离去了。店、房子、家什、钱款，都留下了，就带走一个人。下巴向后厨方向一抬，后厨沉寂着。所有东西都在人家名下，平日里，老头没少给她，做人要凭良心！拳头又在胸口捣捣。两人离开柏林，来到这里，也是投奔老乡，不是温州人，而是福建人，反正，都是自己人！从柏林来到纽约，可真看不惯，就像国内说的"脏乱差"，你知道——青田女人说，德国人特别会收拾，脑子有病归有病，收拾东西却不得不服气，一大优点！她不由笑起来，多少天来，头一次展颜。不过，"脏乱差"有"脏乱差"的益处，就是活路多，脑筋坏得轻一些，比较好商量。两人笑起来，并且，一发不可收拾，前仰后合，直笑到眼泪出来，才渐渐收住。

好了，开出这间店，安下家，再生个孩子——青田女人看着她，正色道，你不要笑！我没有笑！她辩解，你笑我生不出来，上回报纸说，七十岁的老太太，还生下一对双胞胎。她不知道哪一张报纸登过这样的奇闻，面对这个女人，伤心欲绝，又野心勃勃，还能说什么？我身体好，生理年龄很年轻，例假正常，整日价想着和男人上床！两人又笑，止住笑又添一句：只想和我男人上床。话说回到这里，气氛沉寂下来，愁容浮起，方才脸上的光彩褪去，蹙眉道：按我们家乡话说，我这样的女人身上有毒，沾一个，灭一个。她心里一惊，有些被乡下人的迷信吓住，嘴上却道：没那样的事！对面的人忽昂扬起来：有这样的事，也不是我，头一个，是寿数有限，该当死的；这一个，还没死呢！我命好，罩得住他，你信不信？她点头说：信！

茶喝干了，什么时候，华裔女人进来店堂，坐在一隅，将筷子插进纸套，再又按桌摆放。到开业的时间了。隔着距离，主雇俩来回说着什么，用的是相近的方言，就知道华裔女人也是青田一带籍贯。她听出几个字，"后厨"和"前堂"什么的，大约人工不足，不是缺大厨吗？于是就要重新调配。都没想一想，贸贸然，脱口而出：我可以帮忙！那两人都一怔。青田女人说：你能做什么？至少，她嗫嚅起来，至少，洗碗！青田女人说：我付不起你这一等的洗碗工。她想表示不要工钱，又怕人以为说大话，不如客观一点，就说：按市价就行。两人都看她，检验说话的真假，她红着脸，又嗫嚅一句：反正我也没事。这一句话比较能信服人，她确实有闲人一个，谁都看得出来。于是，她留下来，当然不是洗碗，洗碗太屈才了，青田女人说，做前堂。这样，自己可以掌勺，不必让小工上灶。华裔女人取出一件制服，紫红色的棉布做成中式斜襟立领，裤子倒是西式，裤脚上各有一个盘龙的印花，脚下是塑胶平地布面鞋。她为难起来，商量说能不能就穿自己的衣服，像你一样——她指指青田女人身上的荷绿裙装。女人说：我是老板娘！她只得换上，两人都忍着笑。老板娘忽想起什么：你找我有事？她回答：没有，我就是没事！一半是人手的需要，另一半是，好玩，就像小女孩扮家家的游戏，穿上制服的她，变了一个人。青田女人上下端详她一回，问：怎么称呼？她说出名字，对方也说出，陈玉洁和徐美棠彼此结交认识。

## 七

如此，陈玉洁过起一种上班族的生活。每天十时走出家门，搭乘地铁。纽约尖峰时段已经过去，人流稀疏下来，车厢里也空裕了。现在，她能够辨别出，座上客多有餐馆里的工人，表情既是漠然，同时又有一种自足。她虽然不像他们的职业化，可至少，也是有去处，知道要做什么的人了。十点三刻踏入"牛铃"——这是一具真正的牛铃,来自德国绿草茵茵的巴伐利亚下州。华裔女人,她跟着美棠叫作阿初姐,已经在店堂,后厨里有人到,听得见砧板声响。美棠时在时不在,视福建人那边需要而定,事实上,不在的时间在增多,店内的事务基本由阿初姐掌管。这是个谨慎的女人,口风很紧,从对店务的态度,陈玉洁以为或者是有投资,或者就是恩情重。温州人以乡谊为契约,自成一个社会,内里的规则外边人是无法谙透的。饭店照常营业,但仿佛有一种气息发散出去,生意日渐清淡,小费收入减少,墨西哥人离开了。陈玉洁的加盟就变得重要起来,甚至必不可少。她且格外卖力,其中既有新鲜的成分,也有帮助美棠的原因,更主要的是,这一段日子,她的心情在好转。女儿走了——确定去香港无疑,女儿的信用卡是她的副卡,看得出消费地所在。难免想象父女聚首的情形,他将如何介绍维维安?会不会引女儿进他那个家——她确定无疑,那里有一个家,人是需要有一个家的。女儿和维维安怎么相处,她们应该年龄差不多,属同一代人,也许能做朋友。那晚,女儿饮泣的背影出现眼前,她明白,女儿对即将发生的事情早有准备。一个人的公寓,更显得大而无当,为摆脱四周空间的压迫,她将其余房门都锁上,只在自己的一间里活动。当走过客餐厅去厨房的时候,听见自己的足音,就觉得压迫追逐而来。于是,将咖啡机、面包机、微波炉移进卧室,尽最大限度减缩活动范围。

"牛铃"完全是另一个世界,这段时间的相处,阿初姐和她似走近了些,称呼从"陈小姐"改为"玉洁",还与她商量店务。现在,没法和美棠谈什么事了,"魂灵走出了",这是阿初姐头一回向她评价老板娘。生意几近减半,阿初姐建议做成自助餐,以低价招徕,后厨和前堂的劳动都可节省。陈玉洁则对自助餐的客源抱怀疑,只怕新客未来,旧客已走失,她的意见是减少菜式。事实上,她发现,客人经常点的也就那几味,大多只是虚设名目,装门面而已,但凡遇到促狭的客人点将,或是说无货,或是勉强凑合。如今的大厨是原来的小工,能将常用的几道应付下来已属不易,再要有额外之举,一定砸锅。阿初姐觉得有理,当场拍板。两人也不去问老板娘,自主改写菜单,送去打印压膜。次日的下半天,美棠来店里,对菜单的革新视而不见,一路走到临窗桌前坐下。这一回,是陈玉洁端上的一壶茶。因穿了服务生的制服,先没认出她,后又说:以为是阿初姐呢。又低头不语。两人一个坐一个站,沉默好一时,美棠抬起头,认真看她,她被看得发怵。过一会,那人开口了:原先他身体好好的，每日早起一套咏春拳，自从你来，就出这样的事！阿初姐在那头看着，身影显得紧张，怕她们起口角吗？她静一静，在对面坐下，说：我确是个有霉运的女人，但并不在这一路。哪一路？那人脸上浮起讥诮的笑容，问道。霉在桃花运上，她说。那人收起冷笑，暗处可见阿初姐的身影似也松弛下来，放心了。陈玉洁开始讲自己的故事，三言两语，交代完毕，自己也惊讶这样没有感情色彩。兴许，她说，你们夫妻和美，不定是借我的呢！美棠目不转睛地看着她，她接着说：无论什么事，总量不变——天哪，她也说出"总量"，这才叫不是一家人，不进一家门！总量不变，老天爷分配不同，这里多一点，那里就少一点。什么鬼话！对面人轻声道，脸上的愠怒退下去，换一种温柔的表情。

这一天，美棠在店里守到打烊。晚饭时，她亲自下厨，做一盘温州炒饭，端给陈玉洁。就是头一回来"牛铃"吃的，米饭炒到粒粒松散，珠润玉滑，覆一层金黄的油炸虾米。自己也不吃，就坐在对面，指导她如何将米饭和油渣合起，一并入口，直看她吃到盆干碗净，吁出一口气，起身说：走吧！

生意不可阻止地下滑，这就是个连环结。店堂越冷清，上客越少；上客越少，店堂越冷清。外卖还勉力维持原状,送外卖的人手,墨西哥人却走了。只有阿初姐自己送,陈玉洁路不熟,又不会骑摩托。她曾经想过开她的车来,可那是一辆迷你宝马,太不合时宜,就打消念头,镇日留守,于是,店务有一半归她处理。每天提早一小时出门,推迟一小时进门,这又有什么用呢?客人继续少下去,有时候,一个上午不上座。厨工坐在后门口用手机打游戏,阿初姐到美棠处帮助料理家事,美棠回中国老家,找一位大师指点,留福建人自己在家休养。陈玉洁在店堂里梭行,餐桌摆得不能再整齐,碗碟洗得不能再干净,玻璃窗明晃晃的,如此的清洁,只让人觉得肃杀。要知道,布鲁克林是个闹哄哄、乱糟糟的地方,整个纽约就是个闹哄哄、乱糟糟的地方,所有人同时说话,为使自己的声音听得见,不得不吊着嗓门,你高过我,我高过他,他再高过你,最后谁也听不见谁。

美棠从国内回来的那一日,情绪高涨,大师的箴言极其鼓舞。大师说,福建人的星命是在西边,前半段他是顺势行,从中国香港到欧洲,到美国,不是一路向西?然而,在东岸滞塞久了,应继续向西,所以,就准备迁移。"牛铃"怎么办?玉洁问。美棠说出一个字:卖。阿初姐声色不动,陈玉洁则是一惊:卖?美棠斩截道:卖!陈玉洁不禁惘然,她已经将"牛铃"

当成自己的家，倘不是有它，每日晨昏如何度过？不要！她的声音带着哀恳。美棠避开她的眼睛：人命关天！说罢走到银台，打开收银机，又推上，再打开。事实上，心绪烦乱，不知从何入手。玉洁镇定下来，说道：卖给我！连阿初姐都吃一惊，可是，不谓不是个出路。开个价！她说。美棠的手停下来，转脸向她，忽怒从中来，说：知道你有钱，有钱人买幢楼就像买棵白菜，可是，你知道怎么经营？你会吗！玉洁说：我雇你做经理。美棠止不住笑出来，笑着笑着哭了，人朝后一退，坐倒在地上，双手拍着地面。她上前拉扯，被阿初姐止住，动不了。号哭声在店堂里回荡，其中夹杂着诉说，是青田话吧，没一句听得懂。

这一日，"牛铃"照常营业。美棠对玉洁说，饭店接手，一日不可停业，否则就少去一堆回头客，若要装修，只有夜间施工，懂吗？方才一场恸哭，将多日的积郁清空，脸色变得澄明。懂了！她驯顺地答应，心想阿初姐不让她上去劝是对的。那人接着说：留住现金，现金为王，所以，中午必收现金，晚上才刷信用卡。懂了！她说。中国话说，天网恢恢，疏而不漏，这个国家是法网恢恢，密而有漏，你知道区别在哪里？不知道，她谦虚道。读过的书白读了吧！一个是天网，一个是法网！那人得意地说。天网是全罩，法网只罩一半,我们是罩不住的那些人,所以这也不合法,那也不合法,动一动就犯法,但是,在天道里,都是入籍的人,这就叫"星命"——说到此,停下来,仿佛陷入茫然,不知该往何处去,顿一顿,又接下去——所以,我们要往西岸去。西岸什么地方?玉洁问。走一程算一程!"叮"一声响,进来客人,阿初姐赶紧迎前领座。那人却不肯挪步,当门站着,这才看清是个洋人,英语却说得磕磕巴巴。他说不是吃饭,是寻工。问他会什么,回答"拉面"。这三个人就都笑起来,他却很认真,说曾经在老家布拉格跟过一个中国师傅,学过两年"拉面"——"拉面"两个字是用中文说的,发音很准。美棠和玉洁互相看着,问:要不要?一个说:你是老板,你说了算。另一个说:没过户,你就还是老板!那洋人不知道她们说什么,来回看她们的脸,最后美棠做了个拒绝的手势,来人退出了。

　　如此搅扰一下,卖店的话题搁置了。又仿佛是一个谐谑的开头,剧情变得活跃。到下半天,忽然上客了。美棠到后厨掌勺,小工将砧板剁得山响,阿初姐的女儿,一个高中生,也喊来帮忙。看女孩伸开小臂内侧,稳稳搁一溜碗碟的手势,就知道在中国餐馆里长大,却不会说一句中文。热腾腾的气氛,像是起死回生,又像最后的晚餐。第二日上午,街区格外寂静,一夜狂欢之后,宿醉未醒的样子。生意回复平淡,美棠也回到时来时不来的旧况。阿初姐告诉说,在法拉盛找到一位中医,给开了方子,有几样药引很难得,老板娘正寻觅,这才叫病急乱投医!阿初姐叹道。陈玉洁倒有一时的心安,因暂时不会有变故,只期盼现状维持一日是一日。每到收工,与阿初姐一并结账,关窗闭火,两人在"牛铃"门前分手,一个驾摩托,一个步行往地铁口。周末的地铁,总是很乱,停开的停开,并线的并线,陈玉洁始终没有总结出规律,都是走着瞧。这日错了一条线,下在陌生的站点,站台上没有一个人,心里有些生畏,索性出站上到路面。远远看见新建的世贸中心,夜雾缭绕中,塔尖发出幽光。她辨别出方位,徒步往中城走去。

凌晨时分,城市在静谧中浮托起来,升高了,空气凛冽。她生出一种奇怪的分离,好像一个自己看着另一个自己,走过一条街,又一条街。红绿灯兀自转换,路口无车亦无人,只有她自己,穿行在楼宇之间的峡谷。她张开双臂,简直要飞起来,飞到楼尖上,俯瞰曼哈顿岛。

这一日,回到公寓,推门就见灯光大亮,上锁的房间敞开门,客厅地上桌上堆着东西,女儿赤着脚跑进跑出。她有一点激动，喊了一声，女儿转过脸，蹙眉看她，问道：哪里去了，这么晚！她说：上班。女儿转回头继续忙碌，似乎有一丝笑影掠过，笑她：你能上什么班！女儿看不起她，她很理解，转身回自己房间，女儿却又说出一句：看你过的什么日子！她站住脚，掉过头，看着女儿：我过什么样的日子，你们比较满意？她着重说"你们"，而不是"你"，话里有话，难免是刻薄的。她注意到女儿比走前略丰润，经历十多个小时飞行，竟然还很精神，看来这一个月过得不错。女儿瑟缩了，喃喃道：对自己好一点嘛！她心软下来，又一次听到这句话，由女儿说出来，到底不同些。她叹一口气，说：我过得很好。女儿低下头，将桌上一堆礼盒推向母亲：给你买的。谢谢！她说，看见包装袋上写着"崇光百货""金钟广场""太谷城"的字样，不是从香港来又是从哪里？女儿说：下月就去巴黎，已经找好一所学校，那人付了全部学费。"那人"是指父亲，一阵痛楚袭来，她让孩子失去父亲。事实上，父亲还是父亲。停一时，她问道：爸爸还好吗？这个问题真把人难住了，女儿停了更久的时间，然后回答：不知道。

这一夜没有睡好，临天亮方才入眠，一觉起来已是上午十点多，大叫不好，赶紧起床。公寓里静悄悄的，女儿的卧室门紧闭，里面藏着女孩子酣甜的睡眠，几乎听得见纤细的鼻息声。她忽然想到，女儿走了，她又将是一个人在这公寓里，四壁空空，邻里老死不相往来，难得见面，需用外国语寒暄。禁不住悲从中来，冲出门去。电梯下到底层，穿过大堂，站在楼前的合欢树花影地里，静了静，将眼泪吞进肚里。

到"牛铃"已经中午，料想不到，美棠在店里，正和阿初姐说笑，看上去心情不坏，大约药引子觅到了。两人都注意到玉洁神色有异，阿初姐装没看见，美棠的眼睛一直追着，就晓得放不过她，不如照实说了。其时，心情平静下来，却如死水一潭。美棠的眼睛还在她脸上，仿佛看得穿她，说：你这样不行！陈玉洁不明白了：这样是怎样？美棠说：这样就是这样！陈玉洁无心纠缠，不予理会。美棠的手搭上她肩膀，硬是扳过身子，这使她想起梅西百货里的那个兰蔻女人。中国同性间不忌惮肢体接触，这是多么好的文化啊！美棠扳过她的身子：你要学会崩溃！这倒出乎意外得很，转过眼睛，直看着对面的人。崩溃呀！美棠说。陈玉洁想起这青田女人坐在地上呼天抢地的情景，要是也能来那么一下，或许会轻松很多。可是，她真的不行！美棠继续启发：你看外国电影，洋人碰到屁大点事情，就尖起声音大叫，撕扯头发，然后到洗手间，拉开柜子，翻找药瓶子——哗啦啦撒一地！美棠学着电影里女人的疯狂动作，陈玉洁笑起来。要崩溃，才能救自己！美棠说。看她还是笑，便叹气：你可真能熬，那还怕什么呢？牛铃叮一响，上客了。

## 八

女儿索性不回来，她也就撑持了下去，可一来再一走，情况就不同了。公寓里又剩她一个人，形影相吊。她想，儿女就是让人软弱的一样存在。她很羡慕美棠能够崩溃，崩溃也要有能量不是吗？像美棠这种元气丰沛的女人，才可如火山爆发，岩浆奔腾。她显然热力不足，也是受文明毒太深，异化了本能，自持的结果就是自伤，一日一日萎缩。美棠说，跟他们一起去西岸，地方都定了，圣迭戈。为什么是它？从中国回来路上，在芝加哥机场转机，遇到一个台湾老太婆，说是老太婆，也就六十来岁，在圣迭戈开餐馆，抱怨儿女都不生孩子，不让她做祖母，说一旦有第三代，立马卖掉餐馆，专司喂养。美棠说，要卖就卖给她。虽是戏言，但两人认真交换通信方式。美棠向玉洁说着这段路遇，眼睛烁亮，在日渐消瘦，瘦成长条的脸颊上，有一点叫人害怕。这梦呓般的憧憬并不鼓舞，反是沮丧。事态不可逆地颓圮，越来越加速，越来越不祥。这两人各在迷局，头脑已经糊涂，单阿初姐一人清醒，照管店务。实在忙不过来就遣女儿来帮忙，有时小姑娘还带来意大利籍的小男朋友，两人唧唧哝哝说着情话，交臂而过抽空亲个嘴，难免打翻碗盏，或者上错菜点，轻佻的举止不合当事人的心境，但也调节了"牛铃"里的阴沉空气。

这一天的中午，依然小猫三只两只，帮工的小男女在学校上课，陈玉洁和阿初姐两人对付，尚有余裕。叮一声铃响，进来的是美棠，脸色平静，并不说话，径直走过店堂，向里走去，通往后厨的过道口一转身，不见了。陈玉洁寻到跟前，见地下室楼梯上，有人影一闪，随即也下去。暗中几条光线，从顶盖的金属板缝隙透进来。她磕绊着循动静迈步。空气中充斥一股咸腥辛辣的气味，由脱水的鱼鲜和肉类合成，是唐人街特有的，一旦走近，便扑面而来。她想起第一次来到这里，远远就看见，盖板翻起来，精瘦的福建人，半个身子探出街面，接货放货，行动生风。她叫了一声，纸箱后面传出回答：让我崩溃一下。她不做声了，等待有惊天动地的事情发生。时间在沉默中过去，什么都没有发生,但是,她又分明感觉到一种坍塌,先是一角,再是一面,然后一层一层陷下来。灯啪地打开,地下室一片通亮,却更像是夜晚。阿初姐的声音在头顶响起:你们在做什么?上客了。她振作一下,转身上去,留美棠自己。崩溃吧!她在心里说,按物质不灭的原理,收拾收拾,再做一个人。

方从地下室上来,不禁让地面上的光明眩了眼睛,今天是个好天气。她依阿初姐指点,去到窗边桌上,放下一杯水,客人屈指叩两下桌面道谢,然后将手点在牛肉汤粉一栏。这一位先生,亚裔的脸,从形状看,大约是香港人。她忽觉得面熟,仿佛见过,又不知在哪里。客人双手插在短夹克的口袋里,安静等待上餐。看不出年纪,似乎是中年,因发顶稀薄,面上也见沧桑,但却有一种单纯,让他显得年轻,就像一个在校的学生。汤粉送来,他自己从桌上调料瓶倒出辣椒酱,覆在碗上,筷子一搅,还未进口,额上已冒出汗气。从吃口看,也像广东一带的人籍。牛铃响一声,进来人,隔一条街上修路的南美人,每回都是同样,一块猪排,炸成两面黄,一勺米饭,几朵绿菜花,最后浇上酱汁。近些日子,他们成为中午的主要客源。吃饭带打尖,可消磨一整段休息时间。没什么赚头,但有他们在,店内就显得不那么萧瑟,客引客的,也带进少许生意。香港人还在吃，头埋进汤碗，顶上稀发受了热，竖起来，看上去有点滑稽。顺道时，她替他添了茶，手指头又叩两下桌面。她想，他要是发声说话，也许就想起来是谁。可他一直不张口，于是，那一点模糊的印象消失了。

南美人离座上工去了，香港人这才招手买单，临走终于开口，问道：老板娘不在吗？她犹疑一下，回答：老板娘很忙。哦，他说，然后走过店堂，推门出去。声音和姿态都是温和的，是个有教养的人，陈玉洁收拾起碗盘，心里想。中午营业过去，她们几个已经吃过，美棠方才从地下室上来，脸上没有泪痕，甚至相当平静，这平静是崩溃之后还是之前？她暗忖道。阿初姐下厨做一碗汤饭，拣几样咸菜放在面前，走开了。陈玉洁站在桌边，看徐美棠用餐，这情景使人想起初次邂逅，但是反过来，这一个坐，那一个站。她告诉说，方才来个客人，问起老板娘。美棠"哦"一声。她继续描绘客人的形象，也是没话找话，气氛不至太消沉：身量不高，黄黑皮肤，态度谦和，口音里——这就吃不准了，因为客人惜字如金，说话极少。美棠说：知道了！再找不出话题，就枯站着，看美棠吃下一碗汤饭。热食使神经放松下来，方才的平静更可能是极度紧张。此时，脸上浮出红晕，显得十分慵懒。抬头看她一眼,说:那人也是从德国过来,原先在汉堡开书店——她这就想起为什么面熟,那个沉默的书店老板,搬着半人高的书走上走下。书店呢,盘给谁了?陈玉洁问。盘给谁谁要?赔本的买卖,拿老爷的钱不当钱,早晚一回事,关门大吉!美棠仿佛很来气,说出一大串。刚才应该叫你的,玉洁颇有遗憾。千万别!美棠举起一只手挡在脸前,我怕他。她纳闷着,想不出怕他什么。举起的手捂住眼睛:我怕上帝,他是上帝派来的。美棠的手久久不放下,看不见手掌后面的脸,她拾起空碗,走开了。

这天夜里,福建人走了。阿初姐电话给她,约好次日一早去吊唁。美棠的家在布鲁克林福建人集居的街区,不晓得是哪一代的唐山客过海到这里,买下地皮,翻造房屋,出租给同乡人。纵横的街巷,墙上用中文和注音写着:同安道、南平道、泉州道……显然以籍贯命名。美棠所住莆田道,一条狭街尽头搭起灵棚,两行花圈排到街口。一是入乡随俗,二也是生计繁忙,丧事免去繁冗,一切从简。遗体直接从医院送去殡仪馆火化,然后送回,停放在本乡人的祠堂,一间独立的二层小楼。灵棚里只设一张相片,相片中人很年轻,也是精瘦,不笑,严肃地看着祭奠的来客。她和阿初姐各点三炷香,送上白包,就赶回"牛铃",

饭店照常开业,正如美棠说的,停一日,拒一批回头客。吊唁的人群里,看见前日来店里的香港人,听见有人与他招呼,称他潘博士。

三天之后,美棠来到"牛铃"。前一日里,新聘的大厨上工了,也是福建籍,但来自不同的县份,早几日就找下了,碍着美棠,等尘埃落定,这时才进店。他称阿初姐老板娘,陈玉洁并不以为意,很快发现,"牛铃"已然易主。其实,自福建人得病,美棠就一直向阿初姐出让她的份额,终于,所剩无几。等福建人走,其余的全部脱手。这一切,都是在陈玉洁不知情下进行,她到底是局外人。美棠不在"牛铃",她也就没理由在了,最后一次来到这里,一是向阿初姐道贺,二也是,怎么说呢?前后几个月相处,她总要道别一下吧!阿初姐将她们安顿在临窗的桌上,她们总是在这张桌上,面对面。阿初姐一道一道地上菜,很快铺满餐桌,留下她们自己说话,不再作陪——都是自己人,阿初姐说。这一日,最忙碌,进货、卸货,与新厨子交涉,又有应工的面谈。美棠双手抄在胸前,合目养神,她不敢打搅,沉静着。只听牛铃"叮"一声响,又"叮"一声响,再"叮"一声响时,进来了那个香港人,潘博士,看着她们,犹豫一下,走到立柱后面桌前坐下,与两人隔一段距离。

他又来了！她轻声说。谁？美棠合目问。潘博士，她说。美棠笑一笑。请过来一起坐？她问。美棠没回答，就知道至少是不反对，于是立起身过去请人。潘博士受她邀请，没有意外，站起身随后跟来。阿初姐眼明手快，立刻将他的茶盅碗盏收拾起，几乎同时摆开在她俩桌上。现在，他与她坐一边，面对合目不动的美棠。有了第三人，气氛就活泛一些，她说：曾经见过你，在汉堡的书店。他当然记不得，抱歉地笑。她又说：那时候，中国学生往你书店好比跑娘家。他欲开口说话，结果还是笑而不语。她觉出此人的有趣，说：书店关门，中国学生没地方跑了，会感到寂寞的！潘博士这才说出一句：今非昔比。这一句可解释中国学生的处境，也可用来解释他自己的，称得上言简意赅。怎么来美国的？她问，自觉得像是审讯，但好奇心迫使，还因为此人的厚道天真，所以就不怕失礼，放肆了。他依然笑着，低下头，惭愧的表情。美棠却在一边出声道：传播福音来了！陈玉洁想起当时就有人告诉，这是个基督徒。美棠说：把老爹的钱造完了，只剩下福音了！她想拦住话头，这话既是渎神，又是伤人。他却接了过去：书店很难经营。美棠睁开眼睛：要我说，所谓福音，就是诅咒，是不是？我男人已经见好，遇上你，掉转身坏下去，坏到底！这是美棠一贯的逻辑,起先不还把她当灾星,如今转到这一位身上,是出于迁怒,但也可能是一种怪力乱神论。他强辩一句:他到上帝身边了!美棠冷笑道:上帝是谁?我们不认识,他应该在我身边的,在那里——她的手指向后厨——在那里炒菜。后厨里的油烟涌出来,仿佛呼应她的话。美棠!陈玉洁叫起来,不要再说了!她真有点骇怕,怕说话人会受罚。美棠转向她:起先还有些信呢,去教堂听讲经,听到什么"尘归尘,土归土",就坐不住了,分明一个大活人,怎么就变尘土了?晓得这不是讲道理的时候,陈玉洁还是竭力劝阻:生死由命,不是潘博士的事!命?凭什么规定生死,是谁给它的权力?美棠态度很好,摆出一副讨论的架势。老天!陈玉洁乖乖地回答,就像受了魅惑,跟随走去。不还是上帝吗?美棠微笑着看对面两个人。她挣扎道:癌症是目前的科学尚无法解决的难题。对面的人歪着头:科学出来了,到底上帝还是科学有决定权?这样就进入有神论和无神论的命题。陈玉洁认真起来:上帝有决定权,但它要借用一双手去实施,科学就是这双手!徐美棠问:为什么是科学的手,而不是你我的手?她说:你我太渺小了,一个人的时间也太短促,要经过许多许多代,才能发出一点光芒,科学之光!对面人说:这话我不能同意,照这样说,我们都是白耗时间，浪费生命？潘博士被她们的对话吸引，兴奋起来，几次插话，企图发表意见，都被挡回去。他哪里是她们的对手，一个有强悍的性格，另一个则是知识的力量。但他的笑容，那么谦逊和惭愧，更好像一切都是他的错，于是又显得无辜。他只能不断扶一扶杯盏，它们在双方激烈的手势底下，差那么一点点就倒翻到桌子底下去。

三人走出"牛铃"，已是薄暮，这一餐饭，从午前到午后，再到晚间营业时间。阿初姐送到门前，嘴里说着"再来再来"，事实上都知道不会再来了。三个人都有些醉，无端地高兴着，走在街上。抬头看见电线杆上高高吊着一只靴子，原来是修鞋铺招徕生意的广告。美棠说：洋人的脑筋很有毛病！潘博士弯腰拾起几块石头，瞄准了向靴子投射，终于有一块射中，靴子动了动，玉洁说：它接受了福音。三个人在威廉斯堡桥口分手，各往各处去。她走上大桥，引桥在布鲁克林上空盘旋，离河面老远老远，等她走到桥中心，灯光亮起了，在心里喃喃说一声"科学之光"，继续向前走。

后来，陈玉洁和徐美棠真的去往加州圣迭戈，西岸的南部。那个台湾老太婆出售的餐馆还要向南，临墨西哥边境的一个小城，到摘采草莓的季节，就有大批的墨西哥人过境到农场做工。这里的墨西哥人比纽约的温和，应该说，所有族裔的人都比纽约的温和，安静，亲切，友善。大城市将人磨砺成一种坚硬的材质。这餐馆是当地唯有的两家中国餐馆的一家，已有四十年历史，那老板娘用它养活了三男二女，终于，第三代出生，便收官退休，享含饴弄孙的天伦之乐。她信守诺言，将餐馆出让给徐美棠，严格说，是徐美棠的朋友陈玉洁。按先前的立约，陈玉洁做老板，徐美棠任经理，经理兼大厨，老板负责前堂。原来的一个厨工，一个跑堂，还有一条大狗，一并留下来。那狗太老，不能承受迁徙的动荡，似乎自知无法跟随旧主，很认命地趴在窝里不动。临别时，泪眼对泪眼，很久很久，无奈门外车喇叭一径地催，方才一拍两散。

　　餐馆总共十来种菜式，编号排序，无论鱼肉荤素，一律都是滚水中氽一氽，然后浇上预先调好的酱汁——老板娘称之"打挈司"，不惜赐教，如何配料，打出味厚色浓的"挈司"。出于恭敬，一一应道，心里却不以为然，决定另开新路，往精细清淡方面发展。来客对盘中物流露出谨慎的态度，几天时间过去，一个人也没有了。只得因循老板娘积几十年经验创立的路数，方才渐渐回来客人，生意重又兴隆起来。餐馆没有申请酒牌，不设酒吧，晚上收市比较早。总体上说，小城的夜生活相当节制，只有公路边上的一家餐厅，通宵营业。尤其周末，聚集着年轻人，电子乐的低音，咚咚地敲击，空气起着震荡。从纽约那地方过来，多少会觉得沉寂，可两个人互相做伴。打烊以后，坐在厨房灶头边，做两个温州家乡菜，烫一壶日本清酒，电视机里播放着美棠所说"脑筋有病"的节目，有当无的，半个晚上过去，剩下的便是酣畅的睡眠。她们的睡眠都改善了，公路上疾驶而过车辆，从梦里穿行，使人不至于彻底坠入虚空。

即便是这样平淡的日子，也会有意外发生呢！有一日早晨，门敲响了，里边人还没开业呢。敲门声止住，过一时，又响起，来回几番，终于耐不住，开出门去。这一开门不要紧，一声尖叫冲上天。陈玉洁以为发生抢劫，大白天的，竟还有这等大胆的事，跑出来，也是一声尖叫。面前站着一个人，谁？潘博士！风衣上蒙一层土，身后一驾租来的车，也是一层土，垂手提一个旧背囊，腼腆地笑着，不好意思抬眼。两个高个子女人，一人一边架着胳膊，脚跟离地提进门去。问他怎么会来？他不回答，也不需要回答，管他怎么来，总之，他就来了。

潘博士住了三天，重又上路了。他出身香港一户富商人家，父亲指望他参加家族事业，攻读商科。他对经商一无兴趣，但也听从父命，来到德国读经济。第一年就被高等数学击败，转读哲学，为此和家庭决裂。终究是自己骨肉，父亲给出一笔钱，从此不再负担，无论生活还是学业。另有一笔存于托管基金，结婚成家时方可支付。他用到手的钱开出汉堡的书店，书店终于关门，便到教会做义工，挣些吃喝。因他始终没有结婚成家，所以名下的第二笔钱便不得动用。逐渐地，他发现自己，最适合的生活是，做一名游僧。开车行驶在西部的沙漠，仙人掌一望无际，太阳照耀大地，前方是地平线，永不沉没。

2016年10月27日　上海